AU

VakıfBank Kültür Yayınları: 0044
Edebiyat: 0013

TOPLU ESERLER VE DİĞER HİKÂYELER
AUGUSTO MONTERROSO

Özgün adı
Obras Completas (y otros cuentos)
Türkçesi
Çiğdem Öztürk

Yayın Müdürü
Dr. Hasan Aksakal

Tasarım ve Yayın Kimliği
Bülent Erkmen

Kapak Görseli
Faruk Özcan

Kitap Editörü
Hikmet Öztürk

Sayfa Uygulama
Faruk Özcan

Son Okuma
Elmas Gezgin

VakıfBank Kültür Yayınları
Büyükdere Caddesi
No: 97 – Kat 4
Şişli 34394 İstanbul
Telefon: 0 212 354 5730
www.vbky.com.tr – info@vbky.com.tr
Sertifika No: 40141

ISBN 978-605-7947-34-5

Baskı
Ofset Yapımevi
Şair Sokak No: 4, Çağlayan Mahallesi,
34403 Kağıthane, İstanbul
Telefon: 0 212 295 86 01
Sertifika No: 45354

1. Baskı: Mart 2020

TOPLU ESERLER VE DİĞER HİKÂYELER

AUGUSTO MONTERROSO

TÜRKÇESİ

ÇİĞDEM ÖZTÜRK

vb.

AUGUSTO MONTERROSO

Augusto Monterroso Bonilla 21 Aralık 1921'de Guatemala'da doğdu, ardından Honduras vatandaşı olarak ömrünü sürdürdü. Ubico rejimine karşı 1944'te Meksika'ya sürgüne gitti. Daha sonra Bolivya ve Şili'de yaşadı. Kısa öykülerinin ironik ve mizahi üslubuyla dikkat çekti ve ünü bütün Güney Amerika'ya yayıldı. Latin Amerika edebiyatının "Boom" kuşağının Julio Cortázar, Carlos Fuentes, Juan Rulfo ve Gabriel García Márquez ile birlikte öne çıkan figürlerinden biri olan yazarın en önemli eserleri kabul edilen *Kara Koyun*, *Toplu Eserler ve Diğer Hikâyeler* ve *Devridaim* VakıfBank Kültür Yayınlarınca ilk kez Türkçeye kazandırılmakta.

Monterroso Hispanik kültürüne katkılarından ötürü Magda Donato Ödülü (1970), Villaurrutia Ödülü (1975), Asturias Prensesi Edebiyat Ödülü (2000), Miguel Ángel Asturias Ulusal Edebiyat Ödülü (1997) ve Juan Rulfo Ödülü (1996) dahil olmak üzere birçok ödülle onurlandırıldı.

Monterroso 7 Şubat 2003'te vefat etti.

ÇİĞDEM ÖZTÜRK

1978, İstanbul doğumlu. Adam Yayınları'nın ve *Adam Öykü*, *Adam Sanat*, *Pazartesi*, *Roll*, *Express*, *Bir+Bir* dergilerinin mutfağında çalıştı. Çevirdiği kitaplar arasında *Küba'da Sosyalizm ve İnsan* (Ernesto Che Guevara), *Tavşan Deliğinde Fiesta* (Juan Pablo Villalobos), *Vefasız Peri* (Guillermo Cabrera Infante), *Bonzai*, *Ağaçların Özel Hayatı*, *Eve Dönmenin Yolları*, *Belgelerim* ve *Soru Kitapçığı* (Alejandro Zambra) bulunuyor.

İÇİNDEKİLER

MISTER TAYLOR

–Daha az ilginç, ama bir o kadar numunelik olan –demişti sonra diğeri–, Amazon ormanlarındaki kafa avcısı Mr. Percy Taylor'ın hikâyesidir.

Tıpkı bir derviş gibi, cebinde tek kuruşu kalmayıncaya dek işi ileri götürdüğü Boston, Massachusetts'ten 1937'de ayrıldığı biliniyor. 1944 yılında Güney Amerika'da, ismi lâzım değil bir yerli kabilesiyle birlikte yaşadığı Amazon bölgesinde ilk kez ortaya çıkıyor.

Gözlerinin altındaki halkalar ve bir deri bir kemik kalmış yüzü sebebiyle kısa süre içinde orada "fakir gringo" adıyla tanınır oldu, hatta okul çağındaki çocuklar bile onu parmakla gösteriyor, altın renkli tropik güneşin altında parlak sakalıyla önlerinden geçerken ona taş atıyorlardı. Ama tevazu sahibi Mr. Taylor bu durumu hiç dert etmiyordu, çünkü William G. Knight'ın *Toplu Eserler*'inin ilk cildinde zenginlere haset duymadıkça yoksulluğun insan onurunu zedelemeyeceğini okumuştu.

Birkaç hafta içinde yerel halk ona ve tuhaf kılık kıyafetine alışmıştı. Ayrıca gözleri mavi olduğundan ve belli belirsiz bir yabancı aksanla konuştuğundan Başkan ve Dışişleri Bakanı, uluslararası anlaşmazlıklara yol açmamak için ona özel bir ihtimam gösteriyordu.

Öylesine yoksul ve sefildi ki, bir gün karnını doyurmak için ot peşinde ormana daldı. Arkasına bakmaya cesaret edemeden birkaç metre ya yürümüştü ya yürümemişti ki, tamamen tesadüf eseri çalıların arasından onu dikkatle inceleyen iki yerli göze rastladı. Bir ürperti uzunca bir süre Mr. Taylor'ın hassas sırtını dolaştı. Fakat gözüpek Mr. Taylor tehlikeyle yüzleşti ve sanki hiçbir şey görmemiş gibi ıslık çalarak yoluna devam etti.

Yerli sıçrayarak (burada kedi gibi demenin âlemi yok) yolunu kesip şöyle bağırdı:

–Buy head? Money, money.

Bundan daha berbat İngilizce konuşulması mümkün olmasa da, keyfi kaçan Mr. Taylor yerlinin ona elinde tuttuğu, ilginç şekilde küçültülmüş bir adam kafasını satmayı teklif ettiğini anladı.

Mr. Taylor'ın kafayı alacak hali olmadığını söylemek gereksiz; fakat anlamamış gibi yaptığından, yerli iyi İngilizce konuşamadığı için kendini aşırı derecede küçük düşmüş hissedip özürler dileyerek kafayı ona hediye etti.

Mr. Taylor kulübesine geri dönerken büyük bir mutluluk hissediyordu. O gece ona yatak olan dingildek palmiye şiltesine sırtüstü yatmışken, sadece daireler çize çize müstehcen şekilde sevişen kızışmış sineklerin vızıltısından rahatsızlık duyarak, ilginç ganimetini zevkle uzun uzun inceledi. En büyük estetik hazzı, sakal ve bıyık kıllarını teker teker saymaktan ve gördüğü hürmetten hoşnut, gülümser gibi gözüken bir çift minik göze bakmaktan alıyordu.

Engin bilgiye sahip bir adam olarak Mr. Taylor arada bir dalıp giderdi; fakat bu defa felsefi düşüncelerden sıyrılıp kafayı dayılarından birine, New York'ta mukim, küçük yaşlarından itibaren Latin Amerika halklarının kültürel varlıklarına büyük ilgi duyan Mr. Rolston'a hediye etmeye karar verdi.

Birkaç gün sonra Mr. Taylor'ın dayısı ona, rica etse, beş adet kafa daha gönderip gönderemeyeceğini sordu – öncelikle mühim sağlık durumu hakkında bilgi edinmek istedi. Mr. Taylor, Mr. Rolston'ın saçma isteğini yerine getirmeyi zevkle kabul edip –nasıl olduğu bilinmese de– mektubunda cevaben "arzularını tatmin etmekten zevk duyduğu"nu yazdı. Son derece müteşekkir olan Mr. Rolston bir on kafa daha istedi. Mr. Taylor'ın "ona hizmet etmekten ötürü başı göğün tepesine erdi." Fakat aradan bir ay geçtikten sonra öteki yirmi adet kafa daha rica edince, kaba saba ve sakallı ama ince ruhlu, sanatsal duyarlılık sahibi adam, annesinin kardeşinin bu kafaların ticaretini yapıyor olabileceğine dair bir hisse kapıldı.

Madem bilmek istediniz, gerçek bu. Mr. Rolston tüm dürüstlüğüyle, dosdoğru ticari sözcükleri Mr. Taylor'ın hassas ruhunun tellerini daha önce hiç olmadığı gibi titreten güzel bir mektup aracılığıyla bunu anlamasını sağladı.

Hızlıca ortaklık konusunda anlaşmaya vardılar, Mr. Taylor küçültülmüş insan kafası bulup endüstriyel ölçekte göndermeye söz verdi, Mr. Rolston ise onları ülkesinde en uygun şekilde satacaktı.

İlk günlerde orada yaşayan bazı tipler zorluk çıkardı. Fakat Boston'da Joseph Henry Silliman üzerine yazdığı bir makaleyle en yüksek notları alan Mr. Taylor, kendini bir politikacı olarak tanıtıp yetkili makamlardan sadece ihracat izni almakla kalmadı, aynı zamanda doksan dokuz yıllığına özel imtiyazlar da elde etti. Bu vatanperver adımın topluluğu kısa süre içinde zenginleştireceği, sonrasında suya hasret yerlilerin sihirli formülünü bizzat kendisine ait buz gibi içecekler içmesini (kafa toplamaya ara verdikleri her seferinde) sağlayacağı konusunda savaşçı yöneticiyi ve şifacı kanun koyucuları ikna etmesi pek zor olmadı.

Meclis üyeleri kısa ve öz bir düşünsel çabanın ardından bu işin yararını kavradıklarında vatan sevgilerinin coşkun seller gibi akmaya başladığını hissedip üç gün içinde halka küçültülmüş kafaların üretimini hızlandırmalarını telkin eden bir kararname çıkarttılar.

Birkaç ay sonra Mr. Taylor'ın ülkesinde kafalar hepimizin aklına kazınan o popülerliğe erişti. İlk başta kafa sahibi olmak hali vakti yerinde ailelerin ayrıcalığıydı; ama demokrasi demokrasidir, bunu kimse reddedemez, birkaç hafta içinde öğretmenler bile kafa alabilmeye başlamıştı.

Kendi kafasına sahip olmayan ev evden sayılmıyordu. Kısa süre içinde koleksiyoncular çıkageldi, onlarla birlikte işler karıştı. On yedi kafaya sahip olmak zevksizlik diye değerlendirilir oldu; fakat on bir kafa seçkinlik işaretiydi. Kafalar o kadar ayağa düştü ki gerçekten ince zevk sahibi insanlar ilgilerini yitirmeye başladı, ancak istisnai durumlarda kafa alıyorlardı, o da kafanın halk işi olmayan bir özelliği bulunuyorsa mümkün oluyordu. Ender rastlananlardan bir tanesi, hayattayken Prusyalı bıyığına sahip hayli süslü bir generale ait olanı, Danfeller Enstitüsü'ne verilmişti, buna karşılık enstitü de Latin Amerika halklarının bu ilginç mi ilginç kültürel varlığının gelişimini teşvik etmek için şimşek hızıyla üç buçuk milyon dolar bağışlamıştı.

Bu sırada kabile öyle gelişmişti ki artık meclisin etrafını çevreleyen bir kaldırımları vardı. Bu neşeli kaldırımdan Pazar günleri ve Bağımsızlık Gününde, dolu dolu öksürerek, tüylerini takıp takıştırıp ciddiyetle gülümseyerek Şirketin kendilerine hediye ettiği bisikletleriyle Kongre üyeleri geçiyordu.

Fakat daha ne istiyorlar? İşler her zaman da iyi gitmiyor ki. En beklenmedik zamanda ilk kafa kıtlığı başgösterdi.

Böylece şenliğin en eğlenceli kısmı başladı. Tek tük vefatlar artık yeterli olmuyordu. Kamu Sağlığı Bakanı açık yürekli davranarak kasvetli bir gecede ışık kapalıyken karısının göğsünü bir süre okşadıktan sonra sanki onu hiç bırakmayacakmışçasına, ölüm oranını şirketin işine yarayacak makul bir seviyeye çıkarmak için elinden hiçbir şeyin gelmediğini itiraf etti, karısı da ona endişelenmemesini, her şeyin yoluna gireceğini, şimdi en iyisinin uyumaları olduğunu söyledi.

Bu idari açığı telafi etmek için kahramanca önlemler almak olmazsa olmazdı, böylece katı bir şekilde idam cezası yürürlüğe girdi.

Hukukçular birbirlerine danışıp ağırlığına göre en küçük kabahatte bile darağacı ya da kurşuna dizilmeyle cezalandırılan suç kategorilerini artırdılar.

En basit yanlışlıklar bile suç fiili sayılıyordu. Örneğin sıradan bir konuşmada biri tamamen dikkatsizlik eseri, "Bugün hava çok sıcak" dese, sonra da bunu elindeki termometreyle kanıtlamaya kalksa ve aslında hava o kadar da sıcak olmasa ufak bir ceza alıyordu ve oracıkta silahla işini bitiriyorlardı, kafanın Şirkete, gövdenin ve uzuvların arkada kalan yaslı aileye gittiğini de eklemek gerek.

Hastalıklara ilişkin kanunname çabucak yankı buldu, dost güçlerin diplomat çevreleri ve kançılaryaları tarafından üzerine çokça yorum yapıldı.

Bu unutulması imkânsız yasaya göre ağır hastalara belgelerini düzenleyip ölmeleri için yirmi dört saatlik süre tanınıyor; fakat o süre içinde şansları yaver gidip hastalığı ailelerine de bulaştırırlarsa, akrabaları hastalığa yakalandığı için bir aylık bir süre daha elde ediyorlardı. Hafif hastalıkların kurbanları ve sağlığı elverişsiz olanlar yurtlarında hor görülmeyi hak ediyorlardı, sokakta isteyen herkes onların yüzlerine tükürebiliyordu. Tarihte ilk kez kimseyi iyileştirmeyen doktorların (bazıları Nobel Ödülüne aday gösterilmişti) önemi teslim edildi. Hayatını kaybetmek en yüce vatanseverlik sayıldı, sadece milli çapta değil, en ihtişamlı haliyle tüm kıtada da öyle değerlendirildi.

Diğer yan sanayilerin de (başta Şirketin teknik desteğiyle serpilen tabut sanayii) ilerlemesiyle ülke, nasıl denir, büyük bir ekonomik patlama evresine girdi. Bu teşvik kendini özellikle yeni bir çiçekli kaldırımcıkta gösterdi, bu kaldırımcıktan sonbaharın altın renkli melankolisiyle sarmalanmış şekilde milletvekillerinin eşleri geçiyordu, diğer tarafta bir gazeteci şapkasını çıkarıp gülümseyerek onları selamlayarak soru sorduğunda, tatlı başları, "Evet, evet," diyordu, "Her şey yolunda."

Ayrıca bir keresinde bu gazetecilerden sulu bir şekilde hapşırıp buna gerekçe gösteremeyen birinin nasıl fanatik olmakla suçlandığını ve kurşuna dizildiğini de hep hatırlarım. Ancak bu kendini feda eyleminden sonra dilbilimciler bu gazetecinin ülkenin en büyük kafalarından birine sahip olduğunu teslim ettiler; fakat küçültülünce o kadar iyi durdu ki, aradaki farkı kimse anlamadı bile.

Peki ya Mr. Taylor? Bu süre zarfında Anayasal Başkanın özel danışmanlığı görevine çoktan getirilmişti. Artık, bireysel girişimle nerelere gelinebileceğine örnek olarak, binleri binlere katıp sayıyordu; fakat bu uykularını kaçırmıyordu, çünkü William G. Knight'ın *Toplu Eserler*'inin son cildinde eğer yoksullar aşağılanmıyorsa zengin olmanın insan onurunu lekelemeyeceği yazıyordu.

Galiba bununla birlikte işlerin her zaman iyi gitmeyeceğini ikinci kez söylemiş oluyorum.

İş öyle başarılı oldu ki, bir an geldi ve kasabada neredeyse sadece devlet görevlileriyle eşleri ve gazetecilerle eşleri kaldı. Mr. Taylor'ın beyni fazla çaba harcamadan işe yarayacak tek çarenin komşu kabilelere savaş açmak olacağına kanaat getirdi. Neden olmasındı? İlerleme.

Birkaç topçuğun yardımıyla ilk kabiledekilerin kafaları, hepi topu üç ay içinde tertemiz biçimde uçuruldu. Mr. Taylor hâkimiyet alanını genişletme zaferinin tadına vardı. Sonra ikincisi geldi; sonra da üçüncüsü, dördüncüsü ve beşincisi. İlerleme çok çabuk yayıldı ve öyle bir an geldi ki uzmanlar ne kadar uğraşırlarsa uğraşsınlar savaşacak komşu kabile bulamaz oldular.

Bu sonun başlangıcıydı.

Kaldırımlar çürümeye başladı. Ancak ezkaza bir hanımefendinin ya da kolunun altında bir kitapla bir saray şairinin kaldırımları arşınladığı görülüyordu. Tıpkı eskiden olduğu gibi çalı çırpı her iki yanı ele geçirmişti, hanımefendilerin zarafet dolu geçişleri hem zorlu hem de diken dolu oluyordu. Kafalarla birlikte bisikletler de harap olmuştu, neredeyse kimsenin verecek iyimser bir selamı kalmamıştı.

Tabut imalatçısı içlerinde en mutsuzuydu, sürekli cenaze varmış gibi ortalıkta dolanıyordu. Hepsi sanki tatlı bir rüyadan uyanmış gibiydi, bu eşsiz rüyada altın paralarla dolu bir çuvala rastlıyordunuz, çuvalı yastığın altına koyuyor ve uyumaya devam ediyordunuz, ertesi gün çok erken bir vakitte uyanıp da çuvalı aradığınızda elleriniz boş kalıyordu.

Yine de iş ittire kaktıra yürümeye devam ediyordu. Fakat artık uyku, ertesi sabah ihraç edilerek uyanma korkusu yüzünden eskisi gibi rahat değildi.

Mr. Taylor'ın ülkesinden gelen talep beklendiği üzere artmaya devam ediyordu. Her gün yeni bir icat çıkıyordu, fakat aslında kimse onlara inanmıyor ve herkes Latin Amerika kafacıkları istiyordu.

Son krizden böyle çıkıldı. Mr. Rolston çaresizlik içinde dur durak bilmeden kafa istiyordu. Her ne kadar Şirketin faaliyetleri ani bir düşüşe geçse de Mr. Rolston yeğeninin onu bu durumdan kurtaracak bir çare üreteceğine emindi.

Eskiden her gün yapılan sevkiyatlar ayda bire düşmüştü, artık ne olsa gidiyordu, çocuk kafası, hanım kafası, vekil kafası.

Birden her şey durdu.

Sevimsiz ve gri bir Cuma günü, Borsa dönüşü, henüz bağırış çağırışın ve arkadaşlarının sergilediği zavallı panik tiyatrosunun yarattığı sersemliği üzerinden atamadan, Mr. Rolston, postayla gelen ve içinde Mr. Taylor'ın kafacığının bulunduğu paketi açınca (gürültüsünü dehşet verici bulduğu tabancasını kullanmak yerine) pencereden atlamaya karar verdi, Mr. Taylor'ın kafacığı ona uzaklardan, vahşi Amazon ormanlarından gülümsüyor ve hınzır bir çocuk sırıtışıyla sanki şöyle diyordu: "Özür dilerim, özür dilerim, bir daha yapmayacağım."

HER ÜÇ KİŞİDEN BİRİ

Bana hikâyelerini anlatacak biri yerine benimkileri dinleyecek bir başkasına rastlamayı tercih ederim.

Plautus

Bu mektubu alınca şaşıracağınızı tahmin edebiliyorum. Ayrıca başta bunu bir eşek şakası saymanız da muhtemel, sonra da eminim ilk refleksiniz mektubu yırtıp kendinizden uzağa fırlatmak olacaktır. Ancak bundan daha büyük bir hata yapabilir misiniz bilmiyorum. Savunmanızda bu hatayı ilk sizin yapmadığınız, ne de sonuncu olacağınız, bundan pişmanlık duyan ilk kişinin de siz olmadığınız söylenebilir.

Tüm samimiyetimle söyleyeyim: Size acıyorum. Fakat bu hissiyat sadece bu olayın doğal sonucu değil, aslında sizin arzularınıza da karşılık geliyor. Siz başkalarına merhamet duyarak kendi acılarını hafifleten suskun insanlar takımına dahilsiniz. Rica ediyorum, moralinizi yükseltin: Sizin meselenizde tuhaf bir yan yok. Her üç kişiden biri aynı şeyin peşinde, hem de bu işi gizliden gizliye yapıyorlar. Zalim bir hayali hastalıktan şikâyet eden biri, ev işlerinin ağır yükü altında ezildiğini söyleyen kadın, hüzünlü dizeler (ister iyi ister kötü olsun) yazan herkes diğerlerinin ilgisini çekmek için, kendilerinden vermeyi müsriflik saydığı merhamet için dilenir. Siz onurlusunuz: acınızın şiirle anlatılmasını küçümsüyorsunuz, ekmeğinizi kazanmak için harcamanız gereken enerjinin fazlasını zarif bir şekilde saklamayı biliyorsunuz, kendinize hasta süsü vermiyorsunuz. Siz sadece kendi hikâyenizi anlatıyor ve arkadaşlarınıza büyük bir iyilik yapıyormuş edasıyla, onlardan için için asla uymayı düşünmediğiniz tavsiyeler istiyorsunuz.

Sorununuzu nasıl fark ettiğimi öğrenmek ilginizi çekecektir. Daha basit olamazdı: Benim işim bu. İlerleyen satırlarda size bunun nasıl bir iş olduğunu açıklayacağım.

Devam ediyorum. Üç gün önce, pek alışılmadık bir sabah güneşinin altında Reforma ve Sevilla bulvarlarının kesiştiği noktadan bir otobüse bindiniz. Bu araçları bekleyen insanların yüzünde genellikle ebleh bir ifade olur ve içeride tanıdık bir yüze rastlayınca şaşırırlar. Siz ne kadar da farklıydınız! Terli yolcular arasında tanıdık bir yüze rastlayınca gözlerinizdeki parıltıyı görmek, müşterilerimden biriyle karşılaştığıma emin olmak için bana yetti.

Mesleki alışkanlığım gereği kulak kabarttım. Aslında siz telaştan selamlama faslını atlamıştınız, talihsizlik hikâyeleriniz devreye girdi. Artık en ufak bir şüphem yoktu. Olup biteni öyle bir anlattınız ki, arkadaşınızın aradan yirmi dört saat geçmeden aynı sırları dinlediğini anlamak hiç zor değildi. Evinizin nerede olduğunu keşfedene kadar bütün gün sizi takip etmek, gündelik vazifelerimin, neden bilmem, her zamanki gibi büyük bir zevkle yürüttüğüm bir parçasıydı.

Bu sizi öfkelendirir mi, neşelendirir mi bilmem, zaten umurumda değil; fakat bu durumdaki tek kişi olmadığınızı size tekrar etme gerekliliğini hissediyorum. İçinde bulunduğunuz koşulları iki kelimeyle ifade edeceğim. Ve eğer yanılıyorsam –ki buna ihtimal vermiyorum– bu hata ancak ve ancak şaşmaz kuralın istisnası olabilir.

Siz insan türüne has en normal hastalıklarından birinden mustaripsiniz: benzerleriyle iletişim kurma ihtiyacı. İnsan için, konuşmaya başladığı andan itibaren, söylediklerinin ilgiyle dinleneceği bir arkadaşlıktan daha makbul bir şey yoktur, ister acısını, ister sevincini paylaşsın. Aşk bile bu duyguya eşdeğer olamaz. Bazıları kendisini bir arkadaşla rahatlatır. Bazısına da bin tanesi yetmez. Siz bu sonuncu gruptansınız, işte bu basit bağlantı sizin talihsizliğinizin, benimse mesleğimin sebebi.

İçinden çıkılması zor bir aşk hikâyesini samimi bir arkadaşınıza anlatarak başladığınıza ve bu arkadaşınızın sizi sonuna kadar pürdikkat dinlediğine, sonra da size çözüm yolları önerdiğine dair yemin edebilirim. Fakat siz bu çözümleri uygun bulmadınız, bitmez tükenmez olaylar dizisi de işte bu noktadan başlıyor. Eğer size, nasıl denir, en sağlıklı yol olarak, bu ilişkiyi net bir şekilde kesmenizi önerdiyse siz savaşı kaybetmediğinizi ilan etmek için birden çok neden buldunuz; eğer tam tersine, önerisi meydanın fethi için kuşatmaya sonuna kadar devam etmeniz yönündeyse, siz bir kötümserlik seline kapılıp her şeyi kapkara ve kayıp saydınız. Sonrasında devayı başka bir insanda aramak için bir adım atmaktan başka çareniz yok. Kaç adım attınız?

Kalabalık adres defterinizin son sayfasına kadar umut dolu bir yolculuğa çıktınız. Hatta meseleyi aktarabileceğiniz yeni ilişkiler kurmayı (artan bir başarıyla) denediniz. Birden bir günün sadece yirmi dört saatten ibaret olduğunu ve bu astronomik düşüncesizlik halinin aleyhinize işleyen canavarca bir hakikat olduğunu idrak ettiniz. Bir yerden bir yere hareket etmek için kullandığınız araçların sayısını artırmanız ve ince bir planlama yapmanız gerekti. Telefonu düzenli bir şekilde kullanmak imdadınıza yetişti ve doğrusu imkânları artırdı: fakat bu eski sistem yine de bir lüks ve sizden haberdar olmasını istediklerinizin yüzde yetmişi bu güvenilmez imkândan yararlanamıyor.

Geceleri uyuyamamaktan, uykusuzluktan mustaripsiniz, su gibi akıp giden ve geri gelmeyecek zamanı geri kazanmak için sabahın köründe kalkıyorsunuz. Kişisel bakımınızı ihmal ettiğiniz gözle görülüyor: sakallarınız iyice uzamış, eskiden tek bir kırışığı olmayan pantolonlarınız diz yapmış ve inatçı bir gri toz tabakası acınası haldeki ayakkabılarınızı kaplamış. Bunun haksızlık olduğunu düşünüyorsunuz, fakat sabahları neşeyle uyansanız bile, bu coşkuyu sizinle paylaşacak arkadaşlarınızın sayısının azlığını kabul etmeniz gerek. Artık bunu dile getirmek gerekmiyor mu, geniş sosyal ilişkiler ağınızdaki insanları kendinizden sürekli haberdar kılmanızın fiziksel açıdan imkânsız olduğu an geldi çattı.

İşte bu benim devreye girdiğim an. Mütevazı bir aylık ücret karşılığında size en uygun çözümü öneriyorum. Eğer kabul ederseniz –bunu yapacağınıza eminim, çünkü başka çareniz yok– bitmez tükenmez sürüklenme halinden, pantolonunuzun yaptığı dizlerden, tozdan, sakaldan, yorucu telefon görüşmelerinden kurtulacak, bütün bunlara elveda diyeceksiniz.

Sadede geleyim: muhteşem bir özel radyo yayını istasyonunu hizmetinize sunmaya hazırım. Halihazırda (eski bir müşterimizin Tarım Reformundan etkilendiği için aramızdan ayrılışı nedeniyle) elimde on beş dakikalık bir zaman dilimi var, ki sırlarınızın ne kadar yayıldığını hesaba katarsak, sizin özel durumunuzda arkadaşlıklarınızı sürdürmek için artık günlük değil anlık olarak kâfi gelecektir.

Size bu yöntemin faydalarını sıralayayım. Tabii bazılarını da siz kendiniz keşfedeceksiniz.

1. Sinir sistemi üzerindeki sakinleştirici etkisine ilk günden garanti veriyoruz.

2. Gizlilik garantisi. Sesiniz herhangi bir radyo alıcısı tarafından çekilebilse de arkadaşınız olmayan insanların hikâyenin evvelini bilmedikleri bir sırrı dinlemeyi istemesinin ihtimal dışı olduğunu ileri sürüyorum. Böylece artniyetli meraklıların kurbanı olma ihtimali ortadan kalkıyor.

3. Arkadaşlarınızın pek çoğu (bugün hikâyenin doğrudan biçimini isteksizce dinleyenler) radyo yayını haliyle, hele ki siz isimlerini açıkça ya da imalı bir şekilde anacak olursanız, canı gönülden ilgileneceklerdir.

4. Bütün tanıdıklarınız aynı olaylardan aynı anda haberdar olacak. Böylece kıskançlık ve şikâyet sorunu da bertaraf oluyor, ancak anlık bir dikkatsizlik ya da cihazdaki küçük bir aksaklık bile herhangi birini diğerlerine göre

avantajsız konuma düşürebilir. Bu beklenmedik can sıkıcı tesadüfe mahal vermemek için her program öncekinin küçük bir özetiyle başlar.

5. İlgi odağı hikâye, ayrıca uygun görülen durumlarda opera aryalarından açıklayıcı kısımlarla (İtalyanların duygu bakımından ne kadar zengin olduğu konusunda ısrarcı olmayacağım) ve büyük ustalardan parçalarla daha da cazip kılınabilir. Uygun bir fon müziği kullanılması kural gereği zorunlu. Üstelik insanın ve doğanın ürettiği en akıl almaz seslere kadar uzanan bir plak koleksiyonundan seçim yapma şansı da abonelerin hizmetine sunuluyor.

6. Anlatıcı dinleyicilerin yüzünü görmüyor, bu da gerek anlatıcının kendisi gerekse dinleyenler açısından her nevi kendini tutma sorununu ortadan kaldırıyor.

7. Yayın günde bir kez yapıldığı ve 15 dakika sürdüğü için sırlarını anlatacak kişiye metinlerini hazırlamak için fazladan yirmi üç saat kırk beş dakika kalıyor, böylece rahatsız edici çelişkiler ve istemeden unutma ihtimali de ortadan kalkıyor.

8. Eğer hikâye başarılı olur da dostlarınızla tanıdıklarınızın sayısına hatırı sayılır miktarda dışarıdan dinleyici eklenirse bir finansör bulmak da zor olmaz, bu da söz konusu avantajlara belli bir parasal kazancı ekleyebilir, bu kazançlar büyüyerek günün yirmi dört saatini içine alabilir ve böylece on beş dakikalık basit bir yayını aralıksız bir programa dönüştürebilir. Dürüstlüğümden ötürü şimdiye kadar böyle bir vakayla karşılaşmadığımızı itiraf etmem gerekiyor, fakat sizin yetenekleriniz neden buna yetmesin?

Bu bir umut mesajı. İnançlı olun. Şimdi şunu iyice düşünün: dünya sizin gibi insangillerle dolu. Alıcınızı 720 metrelik bantta tam olarak 1373 kilohertze ayarlayın. Günün ya da gecenin herhangi bir saatinde, ister yazın ister kışın, yağmur da yağsa, güneş de açsa çeşit çeşit, beklenmedik fakat aynı zamanda melankolik bir sükûnetle dolup taşan sesleri dinleyebilirsiniz. Aradan on dört yılı aşkın süre geçtikten sonra trajik bir fırtınada gemisinin onunla aynı kaderi paylaşamadan nasıl battığını anlatan bir kaptanınki; hınca hınç dolu bir 15 Eylül gecesi tek oğlunu kaybeden titiz bir kadınınki; duyduğu pişmanlıktan ötürü altüst olmuş bir muhbirinki, Orta Amerika'dan eski bir diktatörünki; bir vantriloğunki. Her biri durmaksızın hikâyelerini anlatıyor, hepsi merhamet diliyor.

BİTMİŞ SENFONİ

Size şunu anlatabilirim –diyerek lafın arasına girdi şişman adam apar topar– Guatemala'da üç yıl önce bir mahalle kilisesindeki yaşlı bir orgcu bana, 1929'da kendisine La Merced'in notalarını tasnifleme görevi verildiğini söyledi, karşısına birden tuhaf sayfalar çıkmış, o da merak içinde her zamanki sevecenliğiyle çalışmayı sürdürmüş, sayfa kenarındaki notlar Almanca yazıldığından bunun *Bitmemiş Senfoni*'nin son iki partisyonu olduğunu anlaması hayli vaktini almış, Schubert'in imzasını net bir şekilde gördüğü anki heyecanını tahmin edebiliyorum, sonra da coşku içinde başkalarına bu keşfini anlatmak üzere sokağa fırlamış, ama herkes ona gülmüş ve delirdiğini söylemiş, bizimle dalga mı geçiyorsun demişler, fakat işin ehli olduğundan ve iki partisyonun tıpkı baştakiler gibi kusursuz olduğunu gayet iyi bildiğinden yılmamış ve hayatının geri kalanını, onları bu buluşun önemini kabullenmeye mecbur bırakmaya adayacağına dair yemin etmiş, böylece o andan itibaren Guatemala'da kaç müzisyenin yaşadığını metodolojik olarak araştırmaya koyulmuş, sonuç hiç iç açıcı değilmiş, bu müzisyenlerin çoğuyla kavga ettikten sonra da kimseye, hatta karısına bile hiçbir şey söylemeden evini satıp Avrupa'ya taşınmış, kapağı Viyana'ya atınca işler daha da karışmış, çünkü demişler ki, Guatemalalı bir *Leiermann* onlara kayıp eserlerin yerini tespit etme konusunda yardım edecek değilmiş, hele ki Viyana'nın uzmanlarıyla dolup taştığı Schubert'inkileri, uzaktan gelmiş bu kadar kâğıdı ne yapacaklarmış ki, tamamen ümitsizliğe düştükten ve cebinde ancak dönüş biletini alacak kadar parası kaldıktan sonra Yahudi ihtiyarcıklardan müteşekkil bir aileyle tanışmış, daha önce Buenos Aires'te yaşadıklarından İspanyolca konuşuyorlarmış, ona çok iyi davranmışlar, iki partisyonu piyanolarında, viyolalarında ve kemanlarında çaldıktan sonra, aman yarabbi, anlayıp gerildikçe gerilmişler, sonunda kâğıtları kılı kırk yararak incelemekten, koklamaktan, pencerede ışığa tutup bakmaktan yorgun düşünce, önce kısık sesle, sonra da çığlıklar atarak, "bu Schubert'in el yazısı, bu Schubert'in el yazısı" diyerek gerçeği kabullenmek zorunda kalmışlar ve birbirlerinin omzuna yaslana yaslana çaresizlik içinde ağlaşmışlar, sanki kâğıtları bulmamışlar da, o anda kaybetmişler gibiymiş, ben de şuna şaşırdım, bir yandan ağlamayı sürdürürken, biraz daha sakinleştiklerinde aralarında kendi dillerinde bir şeyler konuştuktan sonra ellerini ovuşturarak onu, partisyonların çok iyi olmasına rağmen bu halleriyle senfoniye fazladan bir değer katmadığına, hatta tersine bu kısımların çıkarıldığının bile söylenebileceğine, çünkü Schubert'in onları yok ettiği ya da gün yüzüne çıkarmadığı, hatta insanların, ilk iki partisyonun seviyesini asla geçemeyeceklerinden ya da o seviyeye çıkamayacaklarından emin olduğu için Schubert'in böyle yaptığı efsanesine inanmayı tercih ettiğine, buradaki lütfun eğer *allegro* ve *andante* böyleyse *Scherzo* ve *allegro ma non tropo*'nun kim bilir nasıl olacağını düşünmekte yattığına, eğer Schubert'in hatırasına sahiden saygı duyuyor ve onu seviyorsa yapılacak en akıllıca şeyin onların bu müziği saklamasına izin vermek olacağına, aksi takdirde bitip tükenmeyecek bir polemiğin doğmasının yanı sıra burada kaybedecek tek kişinin Schubert olacağına ikna etmeye çalışmışlar, o da ne dar kafalı insanlardan ne de onlardan da beter olan Schubert hayranlarından bir şey çıkacağına ikna olmuş şekilde gemiyle Guatemala'ya geri dönmüş, yolculuk sırasında bir gece ayın ışığı geminin köpükle yıkanan bordasına vururken ta derinden hissettiği kederle ve kötülerle de iyilerle de savaşmaktan yılmış halde elyazmalarını almış ve teker teker yırtarak parçaları artık kimsenin onları aynı anda bulamayacağından emin oluncaya kadar küpeşteden savurmuş, –diye sözünü bitirdi şişman adam, sesinde belli bir hüzün vardı– kocaman gözyaşı damlaları yanaklarını yakıyormuş, bir yandan da ne kendisinin ne de ülkesinin dünyaya, dünyanın büyük bir mutlulukla kabul edeceği birkaç sayfayı iade etmenin zaferini ilan edebileceğini, fakat büyük bir sağduyunun hâkim olduğu dünyanın bunu reddettiğini acı içinde düşünüyormuş.

–Kocam bunların hep benim saçmalıklarım olduğunu söylüyor –diye düşündü–; fakat benden istediği, eskisi gibi kendimi mahkûm ederek, hep evde oturmam. İşte bunu yapamayacak. Başkaları ondan korkuyor olabilir, ama ben korkmuyorum. Zorda olduğumuz zamanlarda ona yardım etmeseydim bugün hali ne olurdu acaba. Hoşuma gidiyorsa neden yüksek sesle şiir okuyamayacakmışım ki? Şimdi başkan olmasının bir engel teşkil etmektense ona bu şekilde daha fazla yardımcı olduğumu düşündürmesi lâzım. Erkekler başkan olsa da, olmasa da hep bir sürü meseleleri vardır. Ayrıca ben de sağda solda bir kaçık gibi sürekli şiir okuyacak değilim, sadece resmi etkinliklerde ya da hayır gecelerinde okuyacağım. Öyle ya, bunda ne kötülük olabilir.

Bunda hiçbir kötülük yoktu. Yıkandı. Odasına girdi. Saçlarını tararken arkasında, aynada darmadağınık kitapları gördü. Romanlar. Şiir kitapları. İçlerinden bazılarını ne kadar çok sevdiğini düşündü. En iyi bin evrensel şiir antolojileri, şiirin hocaların hocası devleri, ozanları, aralarına küçük kâğıtlar koyarak işaretlediği en güzel şiirler. *Ağlayarak gülmek, hahamın başı. Tropikal! Bir anneye.* Aman tanrım, bu kadar konuyu nereden bulmuşlar. Yakında kitaplar eve sığmayacaktı. Fakat hepsi okunmayacak olsa da, insanın arkasında bırakacağı en iyi miras kitaplardı.

Şifonyerin üzerinde gecenin programının birkaç kopyası duruyordu. Belki de artık tek başına şiir okuyabilirdi. Şimdiye kadar tevazudan böyle bir şey yapmamıştı. Yine de her koşulda başrolde kendisinin olduğunu biliyordu.

Bu kez konu okullardaki beslenme saatiyle ilgili alelacele tertiplenmiş bir geceydi. Biri okullardaki çocukların az beslendiğini fark etmişti, bu sebeple bazıları saat on bir gibi bayılıyordu, belki de öğretmenlerin en formda oldukları zamanda. İlk başta bunun hazımsızlıktan kaynaklandığını düşündüler, sonra da bir kurt hastalığına bağlı olduğuna karar verdiler (Sağlık Müdürlüğü), ancak en sonunda her zamanki uykusuz gecelerinden birinde Eğitimden Sorumlu Genel Müdür hayal meyal bunların sebebinin açlık olabileceğini akıl etti.

Genel Müdür azımsanmayacak sayıda veliyi okula çağırdığında, çoğunluğu, böylesi fakir oldukları varsayımı karşısında duyduğu öfkeyi bağırıp çağırarak dışavurdu ve gururlarından dolayı hiçbiri durumu kabullenmeye yanaşmadı. Fakat toplantı bittiğinde içlerinden bazıları baş başa konuşmak için müdürün yanına giderek arada bir –tabii her zaman değil– çocuklarını okula midelerinde hiçbir şey olmadan yolladığını kabul etti. Müdür şüphelendiği şeyin gerçek çıkmasından ötürü korkuya kapıldı ve bir an evvel harekete geçilmesi gerektiğine karar verdi. Neyse ki Başkanın okul arkadaşı olduğunu hatırladı ve derhal huzuruna çıkmak üzere hazırlık yaptı. Hiç yerinmedi. Başkan onu büyük bir samimiyetle karşıladı, muhtemelen daha düşük pozisyonda birinin karşılanacağından çok daha büyük bir içtenlikle. Hatta "Sayın Başkan..." diye lafa girdiğinde, güldü ve ona dedi ki: "Bu Sayın Başkan saçmalıklarını bırak da lafı evirip çevirmeden ne demeye geldin onu söyle bakalım", güler yüzünden hiç ödün vermeden, omzuna hafifçe bastırarak onu koltuğa oturttu. Her şey yolunda gidiyordu. Fakat omuzuna ne kadar dokunulsa da artık işlerin birlikte okula gittikleri zamanlardaki ya da iki yıl önce arkadaşlarıyla beraber Danubio kıyısına bir şeyler içmeye gittiklerindeki gibi yürümediğini biliyordu. Yine de bu görevde kendini rahat hissetmeye başladığı her halinden belli oluyordu. Hatta Genel Müdür yakın zamanda anne babasının evindeki bir akşam yemeğinde yemek bittikten sonra öncelikle akrabalarının ve silah arkadaşlarının genel beklentisi yüzünden, sonra da coşkulu alkışın üstüne işaret parmağını kaldırıp, "Başta insan kendini bir tuhaf hissediyor, ama her şeye alışılıyor," demişti.

–Peki söyle bakalım, seni buraya ne getirdi? diye ısrar etti. Bahse girerim Bakanlıkla ilgili bir sorunun var.

–Madem sordun, evet, var.

–Sahi miii? dedi Başkan zafer kazanmış bir edayla, kendi öngörüsünü onaylayarak.

–Fakat izin verirsen, esas geliş sebebim bu değil; bunu başka gün anlatırım. Fazla vaktini almayayım, diyeceğimi diyeyim. Biliyorsundur, okullarda açlıktan bayılan birkaç çocuk vakası oldu, ben de ne yapabiliriz ona bakmak istiyorum. Doğrudan sana söyleyeyim dedim, çünkü aksi takdirde oradan oraya koşmam gerekecekti. Ayrıca bunu benden duyman daha iyi olur, çünkü sana gelip de benim bu konuda hiçbir şey yapmadığımı söyleyen birileri illa çıkacaktır. Sen iyisi mi benim para aramama ve yarı resmi bir süt yardımı derneği gibi bir teşkilat kurmama izin ver.

–Sen beni gomonist falan yapmayacaksın değil mi?– diye sözünü kesti, sonra da bir kahkaha patlattı. O gün pek şakacıydı. İkisi birlikte çok güldüler. Müdür ona şaka yollu dikkat etmesi gerektiğini, çünkü halihazırda Marksizmle ilgili bir kitap okuduğunu söyledi, o da bir yandan gülerken, aman ha Emniyet Müdürünü görmeye gitmemesini çünkü onun ağzına sıçabileceğini söyledi. Bu konuyla ilgili bir süre daha atıştıktan sonra söylediklerinin aklına yattığını, para bulabileceği yerleri yoklayabileceğini, hatta belki UNICEF'in de biraz daha fazla süt verebileceğini söyledi. "Gringolarda zebil süt var," diye onayladı son olarak ve ayağa kalkıp sohbeti bitirdi.

–A, baksana, ne diyeceğim, diye seslendi Müdür kapıya vardığında: Eğer istersen bir de sana yardım etmesi için karımla bir konuş; o bu tip işleri sever.

Müdür, "Tamam," dedi, hemen gidip onunla konuşacağını söyledi.

Fakat bu biraz canını sıkmıştı, çünkü kadınlarla çalışmaktan hoşlanmazdı. Hele ki memur eşleriyle. Çoğunluğu tuhaf, boş ve zor tiplerdi, yetmezmiş gibi hep nazik davranmak, her zaman bir yere oturup oturmadıklarına dikkat etmek gerekiyordu, herhangi bir sebeple onlara hayır denmesi gerektiğinde de insan geriliyordu. Başkanın karısına gelinecek olunursa, onu pek tanımıyordu. Ama başkanın önerisini bir emir gibi değerlendirmek yerinde olacaktı.

Başkanın karısı hiç tereddüt etmeden teklifi kabul etti. Bu teklifi nasıl kabul etmezdi? Ona sadece arkadaşları arasında bu çağrının duyurulması konusunda yardım etmekle kalmayacak, aynı zamanda kişisel olarak büyük şevkle çalışacaktı, mesela yardım gecelerinin düzenlenmesinde rol alacaktı.

–Şiir okuyabilirim –dedi–; öteden beri bu işi sevdiğimi biliyorsunuz. İçinden, "Fırsat ayağıma geldi", diye düşündü. Fakat aynı anda düşüncesinden pişman oldu ve tam çocukların açlıktan bayılmasının iyi olmadığını söylediği sırada Tanrı'nın onu cezalandıracağından korktu. "Zavallıcıklar," diye geçirdi içinden hızlıca göğe bakıp rahatlamak ve cezadan kurtulmak için. Yüksek sesle şöyle dedi:

–Zavallı yavrucaklar. Ne sıklıkla bayılıyorlar?

Müdür ona hep aynı çocukların düzenli olarak bayılmadıklarını, bazen birinin bazen diğerinin bayıldığını, yapılacak en iyi şeyin nasıl en fazla miktarda çocuğa kahvaltı verebileceklerini araştırmak olduğunu sabırla anlattı. Maddi destek bulmak için bir teşkilat kurmaları gerekecekti.

–Elbette –dedi–. Peki, adı ne olacak?

–"Okul Kahvaltısı"na ne dersiniz? –dedi Müdür.

Elini programa, kuşe kâğıda zarifçe basılmış dörtgen kâğıda uzattı:

1. Milli Eğitim Bakanlığından Eğitim Genel Müdürü Bay D. Hugo Miranda'nın açılış konuşması.

2. 4 Temmuz İlkokulu öğrencilerinden bir grubun seslendireceği Offenbach'ın *Hoffmann'ın Masalları* adlı eserinden bir barkarol.

3. Ulusal Konservatuvar öğrencisi René Elgueta'dan F. Chopin'in *3 Vals*'i.

4. Ekselansları Bayan Eulalia Fernández de Rivera González Hanımefendi, Cumhuriyetin First Lady'sinden Rubén Dario'nun eseri *Kurdun Nedenleri*.

5. Milli besteci D. Federico Díaz kendi eseri *Vatanımın Semaları*'nı piyanoda seslendirecek.

6. Milli Marş.

Eulalia programın iyi olduğunu düşünüyordu. Belki müzik biraz fazla kaçmıştı, şiir dinletileri yetersizdi.

–Okuyacağım şiiri beğendin mi? –diye sordu kocasına.

–Eğer ortasında dizeleri unutup kendini küçük düşürmezsen evet –diye cevap verdi aksi aksi, fakat ciddi anlamda itiraz etmekten acizdi–. Aslında kendini neden bu saçmalığa bulaştırdığını anlamıyorum. Çocukların nasıl hinoğluhin olduğunu bilmez gibisin. Seninle dalga geçecekler. Ama kafana bir şeyi koydun mu seni vazgeçirmek imkânsız oluyor.

Ona âşık olduğu zamanlar yüksek sesle ezbere şiir okuması hoşuna giderdi, hatta onu hoş tutmak için şiir okumasını bile isterdi. Ama şimdiki durum başkaydı ve milletin önüne çıkması hiç hoşuna gitmiyordu.

"Sögelegedigi agacagabaga gegerçegeg ogalagabigiligir migi?" –diye düşündü Eulalia– "karısının hiçbir söz hakkının olmadığını göremezler, çünkü sonra "ama"lar başlar, üstüne de hayatını zehir etme çabası gelir."

Ne diye unutacakmışım ki? –dedi yüksek sesle, bir yandan mendil arıyordu– Çocukluğumdan beri ezbere biliyorum bu şiiri. Biraz soğuk aldım, esas fena olan o. Ama herhalde heyecandan oldu. Ne zaman belli bir tarihte önemli bir iş yapacak olsam hastalanmaktan korkup şöyle düşünürüm: şimdi nezle olacağım, şimdi nezle olacağım, ta ki sahiden nezle olana dek devam eder bu. Evet, öyle. Herhalde heyecandan oldu. Kanıtı da sonra hemen geçmesi.

Sert bir hareketle aynanın karşısına geçti ve kollarını kaldırıp prova yapmaya koyuldu:

–*Akzambak* gibi bir kalbiiiiğ olan, ruuuuhuuuu piruuupak, diliiiiiii cennnettt gibiiii bir adammmm,

Allllçakgönüllllüüüüüü ve ufak tefeekkkk Assssisili Francesco

kabaveeee

gaddaaaaaar bir hayvan

labirrrrr

likteeee.

Akzambak diyordu. Vurgulu heceleri uzatmak iyi sonuç veriyordu. Ama bunların hangileri olduğunu her seferinde anlamıyordu, ancak harfte aksan işareti varsa anlayabiliyordu. Mesela "adam", adammmm; "ufak tefek", ufak tefeekkkk; "kalbi", kalbiiiiğ. Fakat "ruhu pirüpak, dili cennet gibi"de vurgunun nerede olduğunu anlamak imkânsızdı. Eninde sonunda önemli olan hissetmekti, çünkü eğer hissetmezseniz bütün kuralları bilseniz de nafileydi.

–Adam
Akzambak gibi
Akzambak gibi bir kalbi
Akzambak gibi bir kalbi olan adam

Okula bayağı erken gelmişti. Fakat cesaretinin bir parça kırıldığını hissetti, çünkü sandalyelerde oturan insan sayısı azdı. Bizde âdettir, insanlar hep geç gelir, acaba bu huyumuzdan ne zaman vazgeçeceğiz, diye düşündü. Küçük sahnede, uyduruk perdenin arkasında 4 Temmuz İlkokulu öğrencileri yüksek sesle Barkarolü prova ediyordu. Müzik öğretmeni büyük bir ciddiyetle elindeki gümüş kaplama küçük metal çubukla onlara "la" sesi veriyordu, bu çubuktan sadece o ses çıkıyordu. Eulalia'nın orada olduğunu ve kendisine gülümsediğini görünce başıyla kısa bir selam verdi ve kollarını oynatmayı bıraktı: fakat mahcubiyetten ya da yeterince köle ruhlu olmadığından ya da öyle biri olmadığından provasını kesmedi. Bu durum Eulalia'nın işine geldi, çünkü o anda zihninde şiirinin provasını yapıyordu ve eğer birisi araya girerse bütün dizeleri baştan söylemesi gerekecekti. Sanki sesini sahiden kullanıyormuş gibi beş altı dizede bir boğazını temizliyordu, ki böyle yaparak boğazını tahriş ettiğinin farkındaydı, tıpkı öğrencilerinin sırf gıcık etmek için gözünün kızardığını söylediği o öğretmen gibi, öğretmen gözünü öyle ovmuş, öyle ovmuştu ki, sonunda gözü kıpkırmızı olunca öğrenciler kahkahalarını tutamamıştı, ya da avucunun içine küçücük bir dışkı konduğunda onu koklamadan duramayan, ölene kadar koklayan maymunlar gibi. İşte bunlar takıntıydı. En çok kızdığı şey de gösterisi sona erince her şeyin bitecek olmasından emin oluşuydu. Evet, öyleydi. Fakat yine de şiirinin ortasında sesinin inceleceğini düşündükçe dertleniyordu.

Kalabalık karşısına çıkma korkusu aptalcaydı. Söz konusu durumda yaptığı iş hoşa gitmezse bunun sebebi kendisi olmayacaktı, esas sebep insanların genellikle cahil olması ve şiirden anlamamasıydı. Daha çok vakit vardı. Fakat bu sayede güzel şiir okumak ve ezberden iyi şiir okuduğunu ispatlamak için zaman kazanıyordu.

–Fakat hanımefendi –diye yanına yaklaştı kan ter içinde gelen Genel Müdür –ben sizi almaya gelecektim. Böyle tek başınıza gelmeniz iyi olmamış.

Eulalia ona şefkatle bakıp onu nazikçe yatıştırdı. First Lady olalı beri eline ne zaman mütevazı, muhtemelen dünya üzerindeki tüm emsallerinden çok daha mütevazı biri olduğunu gösterme fırsatı geçse memnun oluyordu, hatta aynanın karşısında alımlı bir gülümseme ve bakış çalışmıştı, bu bakış ve gülümseme aşağı yukarı şu anlama geliyordu: Nereden çıkardınız! Başkanın karısıyım diye kendini beğenmiş biri olacağımı mı düşünmüştünüz?" Fakat Müdür daha ziyade kinaye yaptığını düşünüp bunalıma girerek anlamsızca havadan sudan konuşmaya başladı. Diğer sanatçılar bir bir gelip etrafını çevirince oradan sıvışmak için bahane yarattı. Sonra, eğer biri bir şeyler yapmazsa işi yapacak kimse çıkmaz ilkesine uygun olarak sağa sola emirler yağdıran ve her şeyi ayarlayan şişko adam göründü.

Yanına giderek şöyle dedi:

–Hazırlanın hanımefendi. Başlıyoruz.

Müdür daha önceden biraz tecrübe sahibi olduğundan telaş etmeden yüksek insani yardımlaşma ruhunun izinde buradayız, diye açıkladı izleyicilere. Yeteri kadar beslenemeyen bir sürü çocuk vardı, bu konuda en büyük üzüntüyü çeken hükümetti, çünkü Başkanı vatanın bekası uğruna bu çocuklar için bir şey yapılması gerektiğine ikna etmek üzere aradığında kendisine demişti ki, vicdanları harekete geçirin, yeri göğü inletin, kalplere seslenin bu asil amaca ulaşmak için. Cömert yardımlarını sunanlar arasında tüm sosyal katmanlardan insanlar mevcuttu ve dostumuz Kuzey Amerikalılar, bu dünyanın kileri demenin yerinde olacağı asil ve eli açık millet yeni bir süttozu konservesi bağışı yapmaya söz vermişti. Görevimiz başlangıçta mütevazıydı, fakat bu görevi sadece bugünün somut bir gerçeğine dönüştürmek için değil, aynı zamanda gelecek kuşaklara heveslendirici bir örnek olması için de elimizden geleni ardımıza koymamaya hazırız. Ayrıca Cumhuriyetin Hanımefendisinin yardımını alma onuruna da sahibiz, kısa süre içinde yüksek sanatını takdir etme şerefine erişeceğiz, anneliğe özgü samimiyetiyle bu çocukların bahtsızlığını öğrendiğinde gözyaşı dökmüştü, bu çocuklar babalarının alkolikliğinden ya da annelerinin ilgisizliğinden ya da her iki sebepten mütevazı evlerinde kutsal gelenekten, kahvaltıdan yararlanamıyorlardı, bu da sağlıklarını tehlikeye atıyor, ayrıca bu gece burada temsil etmekten onur duyduğumuz Bakanlığın, memleketin karşısına dikilen dünyevi sorunların kitapla, ancak ve ancak kitapla çözülebileceğine inanan Bakanlığın verdiği eğitimden faydalanmalarını kısıtlıyordu. Diyeceğini dedi.

Alkışların ardından 4 Temmuz İlkokulu öğrencileri her zamanki şirinlikleriyle barkarolün la, lala, lalalalala, lalalalala, lalalarını söylediler, bir yandan da piyanist araya girip valslerini çalmak için gerginlik içinde bekliyordu, tıpkı o gün yerkürenin farklı yerlerinde olduğu üzere başlayan ve büyük bir sevinç ve zafer içinde biten diğer şeyler gibi.

Eulalia başını öne eğerek içinden teşekkür etti. Ellerini kenetledi ve istediği atmosferi yaratması beklentisiyle bir süre ellerine baktı. Derken ağzından dökülen kelimelerle ufak tefek ve tatlı Assisili Aziz Francesco'nun yeryüzünün en mütevazı varlığı biçiminde dünyaya geri geldiğini hissetti. Fakat hemen arkasından bu tevazu hayali geride kaldı, çünkü ilk sözcüklerle nasıl bağdaştığını anlamanın güç olduğu başka sözcükler, suretini değiştirerek onu öfkeli bir adama çeviriyordu. Eulalia bu işin böyle yapılması gerektiğini hissediyordu, başka türlü olamazdı, çünkü kendisini, dişleriyle çobanlara, sürülere ve yoluna çıkan ne kadar canlı varsa hepsine dehşet saçan bir kurda karşı Assisili Francesco'yu uyarmaya çalışırken buldu. Evet, öyleydi. Sonra sesi titredi, tam olarak, azizin kurda kötülük etmemesini söylediği, neden köylülerin arasında böyle korku salarak dolaşmaktan vazgeçmediğini, yoksa cehennemden mi geldiğini sorduğu anda gözünden akan bir damla yaşı tutamadı. Fakat hemen arkasından, hayvan bir an için tereddüt ettikten sonra, azizi köye kadar takip edince ve herkes onu böyle uysal haliyle görüp de mutlu olunca, hatta bir çocuk kurda elinden yemek bile verince dudaklarında büyük bir sükûnetin filizlendiği görüldü. O zaman ağzından kelimeler tatlılıkla, şefkatle dökülmüş, kurdun da çocuğa okulda açlıktan düşüp bayılmasın diye yemek verebileceğini düşünmüştü. Fakat yeniden allak bullak olmuştu, çünkü Aziz Francesco'nun ihmalkâr bir anında kurt, köydeki insanların ve hayvanlarının işini bitirmek için yeniden dağa çıkmıştı. Burada sesi amansız bir lanetlemeyle çıkıyordu, gereken yerlerde sesini kâh alçaltıyor, kâh yükseltiyordu, nezle de, önceki günlerin sinir bozukluğu da aklından çıkıp gitmişti, tam tahmin ettiği gibi olmuştu. Aksine onu hoş bir kendine güven, güven, güven hissi sarmalamıştı, çünkü izleyiciler canavarın barbarlıklarından aşırı etkilenmiş halde onu dinliyorlardı; fakat Eulalia o anda rollerin değişeceğini, Aziz Francesco kurdu her zamanki inancıyla yeniden yola getirmek üzere ararken, kurdun suçludan suçlayana dönüşeceğini biliyordu. Her ne kadar istemeseniz de söyledikleri kolayca anlaşılan kurdun yanında yer almanız gerekiyordu: Tabii ya, ne güzel, ben de burada tüm uysallığımla bana ne verirlerse onu yiyorum ve tıpkı bir kuzu gibi hepsinin elini yalıyorum, bir yandan da insanlar evlerinde kıskançlık içinde kıvranıyor, şatafat ve nefret gırla gidiyor, birbirlerine savaş açıyorlar, güçsüzler kaybediyor, kötüler kazanıyor. "Güçsüzler" ve "kötüler" sözcükleri ağzından o kadar farklı çıkmıştı ki, birincilerden yana olmadığından tek bir kişi bile şüphe duyamazdı. Her şeyin iyi gittiğinden, şiir resitalinin başarısından emindi, çünkü bunca alçaklık karşısında o kadar büyük bir öfke duymuştu ki kurdun yaptıkları bunların karşısında mini minnacık kalıyordu, ne de olsa kurt aklını kullanan bir varlık değildi. Şimdi, şimdi; sözcüklerin gırtlağından ne çok sert ne de çok yumuşak, ne hırçın, ne sakin çıkması gereken anın ne ara yaklaştığını fark etmedi, kelimler umutsuzluk ve acı yüklü çıkmalıydı, çünkü aziz canavara hak verdiğinde başka ne hissedebilirdi ki, sonunda yüzünü göklerdekiiiiiiğğğ babamızaaaaaağğğ çevirdi.

Kolları birkaç saniyeliğine havada asılı kaldı. Teri göğüslerinin arasından ve sırtından sicim gibi akıyordu. Alkışları duydu. Ellerini aşağı indirdi. Çaktırmadan eteğini düzeltti ve tevazuyla selam verdi. Halk o kadar da umursamaz değildi. Fakat onları şiire yakınlaştırmak için büyük çaba sarf etmesi gerekmişti. Böyle düşünüyordu: yavaş yavaş. Kendisini tebrik edenlerin ellerini sıkarken tatlı ve yumuşak bir üstünlük hissiyle dolup taştı. Onu selamlamak ve ne güzel olduğunu söylemek üzere yanına yaklaşan yoksul bir kadını tam kucaklayacakken duraksadı ve ona "Beğendiniz mi?" diye sormakla yetindi, çünkü aslında artık aklında başka bir şey vardı, yakın zamanda daha büyük bir yerde, belki gerçek bir tiyatroda bir etkinlik düzenlemek ne kadar iyi olurdu, programın tamamını tek başına yapmalıydı, çünkü bu gecelerin kötü tarafı müziğin insanları sıkmasıydı, fakat ertesi gün gazetelerde yine müziği övmeleri büyük haksızlıktı. Öyle değil mi ama!

Evin kapısına geldiklerinde Genel Müdürü ve bir iki arkadaşını "kutlama yapmak için" *whisky* içmeye davet etti. Zaferi üzerine biraz daha konuşmak istiyordu. Kocasının da insanların neler söylediğini duymasını ve bütün bunları Eulalia'nın uydurmadığına ikna olmasını umuyordu. Her şey ne kadar da iyi gitmişti, değil mi? Peki ne kadar para toplanmıştı?

Genel Müdür ona dikkatli bir ifadeyle 7.50 dolar para topladıklarını söyledi.

Bu kadar az mı? dedi.

İçinden üzülüyordu ama iyimserlikle cevap vererek ilk sefer için o kadar da kötü olmadığını söyledi. Geceyi pek duyuramamışlardı.

–Hayır –dedi Eulalia–. Bence yerin küçüklüğünden böyle oldu.

–Pek tabii –dedi Müdür–. Bu konuda haklısınız.

–Peki, ne yapacağız? –dedi Eulalia–. Bu zavallı çocuklara yardım etmek için bir şeyler yapmak şart.

–Nihayetinde –dedi Genel Müdür–; önemli olan başlamış olmamız.

–Evet –dedi Eulalia–; mesele yola devam edebilmek. Daha ciddi bir şey organize etmeliyiz.

–Elbette, siz yardım ederseniz... –dedi Müdür.

–Tabii, eğer bir tiyatro sahnesi ayarlayabilirsek ben şiir okurum, fakat büyük bir sahne olsun, çünkü aksi halde neler olduğunu gördünüz, biri geceyi tertiplemek için canını dişine takıyor ve sonuçta hiçbir şey elde etmek mümkün olmuyor, ben yine de kocamla konuşacağım, şiir okumam için hep yüreklendirir beni, benim en büyük destekçim o, dikkat ettiniz mi, insanlar şiir dinlemek istiyor, beni hiç tanımayan bir hanımefendinin gelip ne kadar beğendiğini söylediğinde neler hissettiğimi bilseniz bence bir şiir resitali başarıya ulaşacaktır, siz ne dersiniz? –dedi.

–Kuşkusuz –dedi–; insanların çok hoşuna gidiyor.

–Yine de ben bugün bu kadar az para toplanmasından ötürü endişeliyim –dedi Eulalia– durumu biraz olsun toparlayabilmek için size 100 peso versem, olur mu? Yardım etmeyi çok istiyorum. İşlerin yavaş yavaş yoluna gireceğine inanıyorum.

Müdür, "Elbette," dedi; "işler yavaş yavaş yoluna girecek."

GÜNEŞ TUTULMASI

Frer Bartolomé Arrazola yolu kaybettiğini hissettiğinde artık onu hiçbir şeyin kurtaramayacağını kabul etti. Guatemala'nın ulu cangılı onu insafsızca ve sonsuza dek tutsak almıştı. Topografya bilgisinin kıtlığından dolayı ölümü beklemek üzere sakince yere oturdu. Orada ölmek istiyordu, hiçbir beklentisi olmadan, tecrit edilmiş halde, aklına uzaktaki İspanya, özellikle de bir keresinde 5. Karl'ın sahte bir lütuf gösterip yüce makamından inerek ona günahlarının affedilmesi için ruhani azme inandığını söylediği Los Abrojos manastırı takılıp kalmıştı.

Uyandığında etrafının, yüzünde hiçbir ifade olmayan bir grup yerliyle çevrildiğini gördü, bir sunakta onu kurban etmeye hazırlanıyorlardı, sunak Bartolomé'ye nihayet korkularından, kaderinden, kendisinden kurtulup dinleneceği bir yatak gibi görünmüştü.

Bu ülkede geçirdiği üç yıl ona yerli dillerine orta karar bir hâkimiyet bahşetmişti. Bir girişimde bulundu. Yerlilerin anladığı bir iki kelime söyledi.

Sonra becerilerine, sahip olduğu evrensel kültüre ve yoğun Aristoteles bilgisine yaraşır olduğunu düşündüğü bir fikir filizlendi aklında. O gün tam bir güneş tutulması beklendiğini hatırladı. Ve bu bilgiden en derin şekilde yararlanarak düşmanlarını alt edip hayatını kurtarmaya karar verdi.

–Eğer beni öldürürseniz –dedi onlara– tepedeki güneşi karartırım.

Yerliler gözlerini ona diktiler ve Bartolomé gözlerindeki inançsızlığa şahit oldu. Küçük bir heyetin toplandığını gördü, hafif bir küçümsemeyle çıkacak sonucu bekledi.

İki saat sonra frer Bartolomé Arrazola'nın kalbinin kanı oluk oluk sunak taşının üzerine akıyordu (tutulan güneşin mat ışığı altında parıldıyordu), bir yandan da yerlilerden biri sesini hiç dalgalandırmadan, sayısız güneş ve ay tutulmasının yaşanacağı tarihleri yüksek sesle sakin sakin, teker teker okuyordu, Mayaların astronomları bu tarihleri Aristoteles'in değerli katkısı olmadan öngörüp kitaplarında kayda geçirmişti.

DİYOJEN'İ BİLE

Sooner murder an infant in its cradle
than nurse unacted desires.

William Blake

Zaman bakımından, mesafe bakımından, uzay içinde kendini bir yerden diğerine götürmenin maddi koşulları bakımından eve varmak P. için (okul müdürünün güçlü parmak boğumları ve titreyen bıyığıyla onu azarlarken ona hitap ettiği gibi) elbette çok kolaydı. Yine de bir o kadar da zordu! Hayır: hayır, bunun sebebi güçsüz ya da hasta olması değildi. Kafatasındaki fark edilmesi zor küçük deformasyon haricinde diğer bütün çocuklara benziyordu.

Hoşuna gitmeyen şey evindeki ortamdı; iki odanın kasvetli denemeyecek ama hoş da olmayan görünümü; evdeki karanlık ve burnu dahil her yeri kaplayan, insana aldığı her nefesi fark ettiren o ince toz tabakası; her köşeye sinmiş, tanımlanması zor, bir çeşit kötü, kalıcı koku; bir de bütün bunların hepsine annesinin tekdüze ısrarcılığı ekleniyordu: "Derslerine çalışman lâzım, çalışman lâzım, lâzım", bütün bunlar geri dönmek denen basit işi zor ve katlanılmaz kılıyordu.

Buna karşılık, isimlerini tıpkı renkli denizlerin ve imkânsız nehirlerin tam yerlerini unutur gibi unutup durduğu ya da hepten unuttuğu öğretmenlerle dolu, dar ve tıklım tıkış sınıflarıyla –şimdi ne kadar uzak ve gerçekdışı geliyor– eski metruk binayı terk ettikleri, güneşin hâlâ tepede olduğu o an geldiğinde arkadaşlarındaki –sekiz, dokuz, on bir yaşındalardı– sevinci, neşeyi fark ediyordu.

Evim –daha önceden söylemiştim galiba– okulun birkaç blok ilerisindeydi, belki dört blok, birkaç adım ötedeydi. Belki de beş. Net olarak söyleyemem, sağa sola sapmadan o yoldan gittiğim bir anı hatırlamaya çalışmanın faydası yok. Bu hikâyenin ilk paragraflarından belli olduğu üzere o zamanlar eve giderken büyük bir tur atıyordum, bunu alışkanlık haline getirmiştim, buna ihtiyacım vardı.

Dersten çıkınca genellikle, sarı, kırmızı meyvelere bakmanın ve kabzımalların kaba saba sözlerini dinlemenin –ve öğrenmenin– beni büyülediği pazarlara giderdim; ya da güneş batarken tuhaf ve gizemli seslerin duyulduğu uçurumlara; bazen de kiliselere, içlerinde azizlerin (bunların bazıları sakattı. Hayattayken böyle mi olduklarını, yoksa, çolak oluşlarının yapıldıkları malzemenin eskiliğinden mi ileri geldiğini asla bilemedim) ve bana hâlâ hissettiğim çıplak dehşet duygusunu veren azizelerin olduğu kiliselere.

Zaman ölçüm eve yaklaşmadan önce güneşin tamamen yok olmasını beklemekti. Kapı her zaman açık olurdu; annem, seslenip de tığ işini bölmeyeyim diye kapıyı erkenden açardı –belki de hiç kapatmazdı. O zamanlar günbatımının günden güne değiştiği gerçeği bildiğim konular arasında yer almıyordu. Bu nedenle Haziranda günler uzayıp hiç bitmeyecekmişe benzediğinde eve o kadar geç dönerdim ki annem bazen başıma gelebilecekler sebebiyle endişe duyduğundan beni kapıda bekliyor olurdu. Beni hafif bir öfkeyle pataklardı, azarlayarak tırnaklarını kollarıma geçirirdi. Fakat onca dayağa ve azara rağmen güneşin batışının gecikebileceğini asla düşünmez ve geç gelmeyi sürdürürdüm, bazen ayaklarım çamur içinde, benim ülkemde kış denen yazları bastıran sağanak yağmurdan sırılsıklam halde gelirdim eve.

Bir yaz tatilinde –bütün yıl hasretle beklenen, akabinde katlanılmaz bir hal alan– bizim evde işlerin pek de iyi gitmediğinin bilincine varmıştım.

Babam yoktu. O zamanlar sık sık kaybolduğunu hatırlar ve kabullenirdim. O evde değilken annemin daha sakin görünmesine rağmen annem beni uzakta, şu ya da bu kentte, eve belli ki ihtiyacımız olan –bunu hiç kinaye yapmadan söylüyorum– altın paraları getirmek için çalıştığına inandırmak için –olmaz olamaz– yalan söylüyordu. Peki bu ne zaman olacak, diye sorunca da susardı ya da başka bir şeyden bahsetmeye başlardı ya da beni ders çalışmaya yollardı veya çok uzun zaman önce yaptığım –ya da yapamadığım– bir şey için beni azarlardı (bunu düşüncelerimin akış yönünü değiştirme maksadıyla yaptığı aşikârdı).

Bunu söylememem gerektiğine eminim: babam kesinlikle alçağın tekiydi, hem de gerçek bir alçaktı. Böyle olmaktan gurur duyardı, kötü şöhretini yaymaktan zevk alırdı, zaten mahallede de kimse onunla tartışmazdı.

Herhalde hiçbir çocuk (benim oğlum hariç) benimki gibi bir babaya sahip olmamıştır. Acaba benimkine baba denebilir miydi?

O da uzun süre onun oğlu olduğum fikrinin benim kafamda doğrulanmadığını düşündü. Aynı sahnenin defalarca, aynı şekilde tekrar ettiğini net bir şekilde duyuyor ve görebiliyorum: geceleri mahalledeki eski eve herkes çoktan uyuduğunda tamamen sarhoş vaziyette geliyordu, odayı şarap kusmuğu kokan güçlü ve yorgun nefesiyle dolduruyordu. Gözlerimi kapayıp onun ses çıkarmadan yürümeye çalıştığını görebiliyorum, tıpkı bir hayalet gibi, "sessiz" demek için işaret parmağını dudaklarında yapıştırmış, dengesini asla tamamen yitirmeden bir o yana bir bu yana sendeleyerek.

Onu o anda o haliyle gören bir yabancı biraz sarhoş olmuş, her şeyden önce başkalarının uykusuna saygılı biri olduğunu düşünür. Fakat bu özeni ve tavırları ne yazık ki bir akşamcının takdir edilesi özellikleri değildi. Daha ziyade şeytani bir duyguyu perdeliyordu. Annemin odasındaki hayali âşığı basmaktan öte bir amaç taşımıyordu.

O zamanlar buna takmıştı. Sonradan bunun tek takıntısı olmadığını anladım. Bazı durumlarda (pek çok durum arasında) bir süre önce bizim –annem, ben, köpek– onu uyurken öldürme planları yaptığımıza kanaat getirip evi tamamen terk etmişti. Her ne kadar sonraları annemin bunu yapmış olması gerektiğini düşünmüş olsam da, bu şüphe saçma ve yersizdi, çünkü annem ona âşıktı.

Bir kez daha aldatıldığına ve âşığın kendisinden daha kurnaz ama daha az gececi olduğuna ikna olunca (ya da böyle bir fikre kapılınca), uyuduğum karyolanın tepesine dikilip beni alarak öfkeyle kolları arasında sarsalar, nefesiyle ve yumuşak miskin elleriyle beni hırpalardı. Ben de bütün kenti ayağa kaldırabilecek, sonu gelmez çığlıklar atardım. Fakat beni uzun uzun dilediği gibi dövmeden içi rahat etmezdi, döverken de, "Sen benim oğlum değilsin, sen benim oğlum değilsin!" diye bağırırdı. Sanki bütün mahalleyi ve beni, altı yaşındaki bir çocuğu bütün çocuklarınki gibi bir annenin değil, bir (sonradan öğrendiğim kelime) orospunun çocuğu olduğuma inandırmaya çalışıyordu.

Annem her defasında imdadıma koşar ve beni o sesten, o içkili nefesten kurtarır, ben de kalbimin ta derininden ona müteşekkir kalırdım. Sonrasında uzun süre soğuktan titreyerek ve gözüme uyku girmeden, gerilmiş, korkmuş, karanlıkta tuhaf şeyler görür halde vücudum kaskatı kesilirdi. Genellikle annem bana acısın, beni teselli etsin ve o da biraz olsun ağlasın diye –bazen canım hiç istemese de– uzun uzun ağlardım.

Bu durumun sürekli tekrar etmesi sebebiyle babamın aslında babam olmadığını düşünmeye başlamıştım. Fakat eğer ben onun oğlu değilsem neden beni bu şekilde dövüyordu da, onun çocuğu olmadıkları kesin olan, mahalledeki diğer çocuklara hiç, hem de bir kez olsun aynısını yapmaya tenezzül etmiyordu.

O anlar haricinde neredeyse hiçbir zaman onu görmezdim. Çok geç kalkardı, ben çoktan uykusuzluktan başım önüme düşerek ve kesin çocuğu olmadığımız öğretmenin kafamıza vura vura sokmaya çalıştığı aritmetik işlemlerinden hiçbir şey anlamayarak okulda olurdum. Bugün bu kadar dayanmam ve biraz kekeleyerek ve kontrol edemediğim belli bir korkuyla da olsa çarpım tablosunu ezberden söyleyebilmem mucize gibi.

Elim kolum paketlerle dolu geliyorum. Bazılarını kocaman ve pürüzsüz tığ işi beyaz örtüyle kaplı bir yemek masasını andıran yatağın üzerine fırlatıyorum. Üzerinde birkaç tabak var. Meyveyle dolu birkaç büyük tabak. Fakat bir süre sonra bunların tabak değil de, içlerinde (tuhaf) parlak ipek iplikle çevrelenmiş yeşil güllerin bulunduğu kocaman vazolar olduğunu fark ediyorum.

Şapkamı çıkarıyorum, fırlatıyorum, tam tamına köpeğin kafasına düşüyor, köpek homurdanarak şapkayı kafasından atıyor. (Gözlerimi köpeğin gözlerine dikiyorum, her zaman olmayan bir parıltı var.) Sonra da tıpkı baskın yapmaya hazırlanan, bakışları kötülük dolu bir adam gibi karıma ve oğluma (bana şaşırtıcı derecede benziyor) bakıyorum, sonra da gizlice ceketimin iç cebinden ağır ağır –ağır ağır– üç tekerlekli bisiklet biçimini alan bir şey çıkarıyorum. Oğlum –ben– hep bir üç tekerlekli bisiklet istemişti, artık eve tonla para getirdiğime göre neden ona bisiklet almayayım? Fakat bir şey yanlış, çünkü olması gerektiği gibi klasik, normal üç tekerlek yerine birbiri ardına sonsuz sayıda tekerlek çıkıyor, ta ki odayı kaplayıp rahatsız edici bir hal alıncaya, katlanılmaz hale gelinceye dek. Şöyle düşünüyorum: Bir yapım hatası. Biraz mahcubiyet içinde gülümsüyorum ve her şeyi ceketimin cebindeki eski haline, tersine döndürüyorum. Tekerlekler altın renkli metalik bir çınlamayla gözden kayboluyor, fakat sonuncular –ilk çıkanlar– cebime zor sığıyor, kalbimi sıkıştırıyor, tıpkı boğazıma kocaman bir et parçası takılmış da tıkanmışım gibi, onlar yüzünden neredeyse boğulacağım, güçlükle nefes alıyorum. Alnımda birkaç ter damlasının biriktiğini hissedebiliyorum. Bir an evvel bitirmem gerek. Eğer biraz daha sürerse düşüp bayılacağım ve karımla oğlumun neşesi sekteye uğrayacak. Ölürsem kimsenin bisikletin mekanizmasını çözemeyeceği fikri aklımı başımdan alıyor, mekanizmanın nasıl işlediği sadece, satıcının kimse tasarımının sırrını ortaya çıkaramasın diye gürültülü bir şekilde çiğneyip yuttuğu bir kâğıt –ya da papirüs– parçasının üzerinde yazılı.

Hayatta kalmak için tekerlekleri yeniden çıkarmam gerek, fakat mekanizmanın bir hatası daha var, yerlerine dönerken nasıl direndilerse şimdi de çıkmamak için direniyorlar. Heyecanlanarak –heyecanlanarak– ceketimi çıkarıp uzağa –ya da yakına, bir şey fark etmiyor–.fırlatmaya karar veriyorum. Yapamıyorum, çünkü kolları sıkı beyaz kuşaklarla sırtıma tutturulmuş. Deli gömleğini sevmiyorum. Berbat bir şey. Kendimi yere atıyorum. Çözüm bu değil. Ayaklarımı öfkeyle sallıyorum. Üşüyorum. Ayaklarımı sallamayı kesiyorum. Artık daha fazlasına katlanamayacak hale geldiğimde, daha azı elimden gelmediğinden, ter içinde, var gücümle ağlıyorum ve bağırıyorum. Karım ve oğlum hayret içinde kocaman olmuş gözleriyle bana bakıyor. Karım –annem– geliyor; elini alnıma koyuyor, hafifçe terimi siliyor, bana biraz su veriyor –çok az– ve buna kâbus dendiğini söylüyor bana.

Son zamanlarda bana o kadar kötü davranmıyordu, hakaret de etmiyordu. Sadece eline fırsatı geçtiğinde arada bir, çok yüklenmeden tekme atıyordu.

Annemle birlikte, yeni bir takıntıya teslim olduğunu fark etmemiz birkaç haftamızı aldı. Artık ne yatakların altında âşık arıyor, ne daha önce zehirlenmediklerinden emin olmak için, sanki bu yöntemle anlayabilirmiş gibi, yiyecekleri kokluyordu; ne de bağırıp çağırarak tabakların iyi yıkanmadığı, kendisine bir yabancıdan bile daha kötü davranıldığını söylüyor ve onları yere çalıyordu. Artık yeni bir kurban bulmuştu: köpekler.

Böylece kalbimde bu hayvanlar için günden güne derinleşen bir küçümseme hissi peyda oldu. Dünya üzerindeki her şeyden daha fazla nefret eder oldum köpeklerden.

Hayatta beslemiş olabileceğim bütün tutkular, yüzeye, gündelik olanın ilk katmanına o bulantıyı, ağlamaklı uysal gözleri ve salya saçan dilleri kendilerini inciten ayağı zevkle yalamaya her daim hazır olan bu köle ruhlu, aşağılık hayvanlara karşı duyulan, adeta kalın ve yekpare bir tortu gibi şekillenen tiksintiyi bıraktı.

İlk kurbanım (kaç tanesi düşmedi ki bu yolda) kendi köpeğimizdi, fazla aşağılayıcı, fazla köpeğe yaraşır adını[1] burada anmak istemiyorum. Şimdi etraflıca düşünüyorum da, bence sonunun gelmesinde adının çok büyük bir payı vardı. Eğer başka bir ismi olsaydı belki dikkatimi çekmeyebilirdi. Bir köpeğin ismi köpeğin kendisi kadar önemlidir.

---

1. Diyojen.

Bir adam ya da bir kadın, eğer isterlerse, tuhaf ya da insanı hayrete düşüren nedenlerle kendilerine başka isimler takabilir. Bu zevk meselesi ve Nüfus Müdürlüğünün düşük tirajlı gazetelere üç ilan vermesiyle her şey çözülüyor. Fakat bir köpek ismini bütün hayatı boyunca taşımak zorunda, eğer kendini sokağa atıp serseri, bir deri bir kemik, meçhul bir köpeğe dönüşmeye karar vermezse tabii; üstelik bu hem zor hem de acıklı bir yaşam ve ancak pek azının lokantalardan ya da bar tuvaletlerinden her zamanki gibi "hoşt!", "hoşt!" diye kovulmaktan paçayı sıyırdığı aşikâr, üstelik karınlarına bir tekme yeme ihtimali de cabası. İhtiyar filozofun o ismi olabilecek en düşük ve değersiz isim olduğu için seçtiğini hatırlıyordum: köpek. Tıpkı onun insanları aşağıladığı gibi, insanlar da onu aşağılasın diye, onları taklit etme yolunu seçtiği için ona hayranlık duyuyordum. Bir kitapta okumuştum: "Bir yemekte bazıları tıpkı köpeğe atar gibi ona kemik atıyorlarmış, o da onların yanına yaklaşıp üzerlerine işemiş, tıpkı köpeklerin yaptığı gibi." O ihtiyar müptezelden de nefret ediyorum, bön herifin teki!

Bazen insanın elinde olmadan canavarca şeyler söylemesi gerekebilir. Şimdi söyleyeceğim şey de biraz canavarca: bence babam hayvanı kıskanıyordu. Bazı fikirler üzerine düşününce bu sonuca vardım, çünkü Diyojen'in ölümünü kendime başka türlü açıklayamıyorum.

Her halükârda suçun büyük kısmı köpekteydi. Kim köpeklere böyle nemli, böyle şefkatli, böyle sevgi dolu bakmalarını emretmiş ki? Bizim köpeğe babam geldiğinde yatağın altına saklanmasını kim söylemiş? Gereksiz yere kaçıp onu tahrik etmek yerine yoluna çıkması (bir tekme yeme riskini de göze alarak) daha uygun olmaz mıydı? Hayır. Her zaman söylenenin tersini yapar, en aptalca olan neyse gidip onu yapar. Bazen babam onu dövmeden önce yüksek sesle ağlar. Ömrü uzun olmadı. Babam ona katlanamıyordu.

Bir gün babam üçümüzü birden şaşırttı.

Havanın sıcak olduğu bir akşamdı. Ben büyük bir ciddiyetle çarpım tablosu çalışıyordum. Annem bitip tükenmek bilmeyen oya işlerine gömülmüştü. Hatırasını o gümüş iğne ve bir gazetenin üzerine yere atılmış beyaz renkli kuka olmadan gözümde canlandıramıyorum. Diğer ev işlerinin altından nasıl kalktığını hiç anlamıyorum, çünkü onu dikiş dikmek ve dikişleri ütülemekten başka bir şey yaparken hatırlamam imkânsız. Odaları tıka basa kilimlerle doldururdu, fakat bu, odaları güzelleştirmek yerine (maksadı hiç kuşkusuz buydu) odalara zevksiz köylü işi bir hava veriyordu.

Dökme demirden siyah ütüleri en beklenmedik ve saçma yerlerde dururdu. Uğraşı aynı zamanda bir takıntıydı bence. Dikiş dikmediğinde fark etmeksizin büyük bir hararetle ellerini oynatırdı, sanki hiçbir sebep kim bilir kaç sene önce başladığı bu ritmi kaçırmasına neden olsun istemiyor gibiydi. Eğer kuka yerde durmasa kolayca ipi tıpkı örümcekler gibi kendisinin ürettiğini düşünebilirdim.

Köpek kendini bir kenara atmış dilinden ve burnundan çok yoğun bir şekilde terliyordu.

Kafasını dayadığı tuğla ciğerlerinin her hareketinde buhar oluyordu. Bu buhara parmağımla adımın baş harflerini yazmak çok hoşuma giderdi, fakat annem bunu yapmama her zaman izin vermezdi: "Çok pis bir çocuksun."

Üçümüzü birden şaşırttığını söylemiştim. Gelmesi, hele ki gelme şekli beklediğimiz en son şeydi. Erken gelmişti, keyfi yerindeydi. Ayık. Temiz. Güler yüzlü. Neşe çabuk yayılır. Neşesini hepimize bulaştırdı. Böyle bir babaya sahip olmak çok hoştu, bir anlığına ondan yediğim dayakları unutmuştum.

Şapkasını çıkarıp büyük bir zarafetle (bana öyle gelmişti) odanın diğer ucundaki askıya fırlattı.

Sonra da anneme yaklaşıp saçlarını yavaşça ve yumuşakça okşadı. Annemi öpmek için eğilerek ona duyamadığım ya da hatırlamadığım bir şeyler söyledi, fakat hatırlamadığıma üzgünüm, çünkü söylediklerinin tatlı ve hoş şeyler olduğuna eminim.

Sıra bana geldiğinde yanıma yaklaştı, omzuma iki kez vurdu ve gülümseyerek, "N'aber?" dedi.

Yanağıma biraz ateş bastığını hissettiğim için öne doğru eğildim.

–İyiyim baba.

Sonra oturdu. Biraz mahcup bir hali vardı. Onu görmeyeli aylar (belki de yıllar) olmuştu. Konuşmak, güzel şeyler söylemeyi sürdürmek istediği belli oluyordu; fakat öylece durdu, gözleri yarı kapalıydı ya da tavandaki kirişlere (dumandan biraz kirlenmişlerdi galiba) takılıp kaybolmuştu.

Annem bir şey ikram etmek istedi ya da sadece bir şey söyledi. Ancak pencereyi kapatmak için ayağa kalktı, çünkü hava kararıyordu ve odada hafif serin bir rüzgâr dolaşmaya başlamıştı. Sonra tekrar işinin başına döndü, sessizce.

Hepimiz Diyojen'in, köpeklerin yoğun bir sükûnet hissedince yaptıkları gibi homurtular çıkardığını net bir şekilde duyuyorduk. Sanki sıcak hâlâ dayanılmazmış gibi dört patisini yaymış, karnı yere yapışık vaziyette kertenkele gibi bir kenara kıvrılmıştı.

Onu duyduğumda gözlerimi yavaşça babamın olduğu yöne doğru çevirdim. Gülümsüyordu. Annem de ona bakıyordu; güldüğünü görünce o da güldü. Ben de annemin güldüğünü görünce güldüm. Böylece hepimiz yeniden hayvana baktık, o da kendince gülümsüyordu. Babamın belli ki Diyojen'in yanına gelmesi için parmaklarını şıklatarak sessizliği yeniden bozduğunu duyunca ne kadar rahatlamıştım.

Babam onu çağırınca hayvan yavaşça, sürünerek, arka ayaklarıyla kendini iterek hareket etti. Kendisine bu kadar sevecen davranmasını asla beklemiyordu. Onun bile babamın her zamanki gibi sarhoş olmadığını, bunun başka türlü bir gün olduğunu anladığını düşünüyorum.

Bu sırada babam belli ki korkusu tamamen geçsin diye, onu ıslıkla, canım cicimle çağırmaya devam ediyordu: "köpekçik", "köpekçik".

O gün mutluluk denen şeyin neye benzediğine dair muğlak bir fikrim olmuştu. Annemin mutlu olduğunu görüyordum. Temiz ve mutlu babama bakıyordum. Köpeğin gözündeki mutluluğu görüyordum. Babamla arasındaki mesafeyi katederken neşeli görünüyordu. Muazzam bir gayretle kuyruğunu sallıyordu ve ara ara homurtular çıkarıyordu. Bir ara –belki de rolünü abartarak– sırtüstü yere yatıp patilerini havaya kaldırdı, sanki ne kadar keyif aldığını göstermek istiyor gibiydi; fakat hemen belki biraz mahcubiyet içinde normal pozisyonuna geri döndü. Babam onu ayağıyla okşadı.

Acaba onun hiç mi suçu yoktu, Tanrı biliyor, bunu onu eleştirmek için söylemiyorum. Bugün artık o bir ölü, benim de onun hatırasına saygı duymam gerek, fakat babamı gayet iyi biliyorken acaba neden böyle bir şey yaptı ki? Onu haklı çıkarmaya çalışmıyorum, fakat tek istediği neşesini paylaşmak olabilir. Aslında belli bir anda başını bana çevirdi. Bana bakmaktan sıkılınca ya da ben ona ilgimi yitirince aptal gözlerini anneme çevirdi, bir süre öyle kaldı, dili dışarıda, bir kelime duymayı bekleyerek.

İşte o anda babamın yüzündeki ifade değişti. Büyük bir sükûnetle sağ kolunu yanı başındaki masaya uzattı, annemin ütülerinden birini alıp tıpkı bir yıldırım gibi hayvanın kafasına bıraktı. Hayvanın kendini savunmaya en ufak bir fırsatı olmadı. Olduğu yerden bile kıpırdayamadı. Annem de kıpırdamadı. Ben de. Gerek yoktu.

Herhalde o dakikaları tahmin edebilirsiniz. Kuyruk artık hareket etmediğinde, babam artık öldüğüne emin olduğunda öylece ayağa kalktı, şapkasını aldı ve gitti. Ondan sonra bir daha onu hiç görmedik.

Aslında belki de kocam o kadar da kötü biri değildi. Ben biraz hasta olduğunu düşünüyorum, azıcık da olsa, kendisinin de onaylayacağı gibi. Amansız bir arayıştan sonra onu bulduğum sanatoryuma yatırılışı bu fikrimi doğrulamak için kendimce bulduğum sayısız kanıttan küçük bir tanesi.

Bugün annesinin o doğmadan önce işlediği hayali bir suç yüzünden babası tarafından işkence gördüğüne inanan inatçı bir çocuk gibi. Bu fikir aklından uzaklaşınca iyileşecek.

Bana kalırsa şöyle: Kimse iftiradan asla yırtamaz. İftira insanın en az beklediği yerden gelebilir, kendi evladından bile. Umarım kimse (çünkü hayatta her şeye, en aşikar yalana bile inanmaya hazır insanlar var) beni lekelemek için alçakça niyetlerle tezgâhlanmış bu aptalca zırvalıklara paye vermez. Oğlumun en başta kendini "kafatasındaki anlaşılması zor, küçük deformasyon"u anlatarak tarif ettiğinde yalan söylemeye başladığını fark etmek –bunu herkesin bildiğinden şüphe etmek hakaret yerine geçer– zor değil. Aslında kafası korkunç derecede büyük. Suç bende değil. Böyle doğdu. İlk anda, doğumu çok zor olunca fark etmiştik bunu.

Aslında okula gittiği sâfi yalan: okumaya yazmayı evde öğrendi.

Ben kapıdan kapıya pazarlama yapıyorum. Hiç hak etmesem de beni övdükleri muhteşem mektuplarını gösterebileceğim Rosenbaum&Co. imzası bunu kanıtlayabilir.

Karım bir süre önce öldü. Oğlum onu hiç tanımadı. Annemin elinde büyüdü.

Köpeklerden bahsedecek olursak eminim, bunu kanıtlayabilirim ki, asla, Diyojen olayı hariç, başka hiçbir köpeği öldürmedim. Onu öldürmek zorundaydım. Hiçbir köpek kuduzdan kurtulamaz. O neden bir istisna olsundu ki? Bu herkesin bildiği üzere geometrik olarak ilerleyen ve bu etkiyle kısa süre içinde bütün bir popülasyonu öldürebilecek hastalığa her an yakalanabilirdi.

Eğer bir gün bu amansız hastalığa yakalanacak olsaydı bizlere ne olacağını düşünmek bile istemiyorum. Bunun sonuçlarını hesaplamak mümkün değil.

DİNOZOR

Uyandığında dinozor hâlâ oradaydı.

LEOPOLDO (UĞRAŞLARI)

Leopoldo Ralón, gururla, hatta iftiharla döner kapıyı iterek kütüphaneye bilmem kaçıncı kez zafer edasıyla girdi. Masalara geniş açı, bezgin bir bakış attı, rahat ve sakin bir yer arayışındaydı; iki üç tanıdığa her zamanki jestiyle "evet efendim, yine görev başındayım" bakışı attı, kendinden emin, ağır ağır ilerledi, "müsaadenizle, müsaadenizle" diyerek kendine yol açtı, sözü telaffuz etmiyordu, ama sevimli ve uzlaşmacı yüz ifadesinden ne dediği anlaşılıyordu. Şansına en sevdiği yer boştu. Sokağa açılan kapının önünde oturmayı seviyordu, bu ona içeri ne zaman biri girse bitip tükenmek bilmeyen araştırmalarına ara verme fırsatı tanıyordu. İçeri giren bir dişiyse, Leopoldo bir süreliğine kitabını bırakıp her zamanki girişkenliğiyle ve zekâ fışkıran o pırıl pırıl bakışlarıyla onu incelemeye koyuluyordu. Leopoldo muntazam vücutları seviyordu; fakat gözlemlemeyi istemesinin başlıca sebebi bu değildi. Onu harekete geçiren edebi sebeplerdi. Çok okumak, canla başla çalışmak iyidir derler; fakat insanları gözlemlemek bir yazarın işine en iyi kitapları okumaktan daha fazla yarar. Bunu yapmayı ihmal eden yazar kaybolmuş demektir. Yemekhaneler, sokaklar, devlet daireleri edebi kışkırtmalarla dolup taşar. Mesela bazı insanların kütüphaneye girerkenki halleriyle ilgili bir öykü yazılabilir ya da kitap isteme şekilleriyle ilgili ya da bazı kadınların oturuş şekliyle ilgili. Herhangi bir konuda öykü yazılabileceğinden emindi. En iyi öykülerin, hatta en iyi romanların görünürde önemli olmayan sıradan olaylar, gündelik hadiseler üzerine temellendiğini keşfetmişti (ve bu konu hakkında isabetli notlar almıştı). Her şey üsluptan ve ayrıntıları öne çıkartmak için belli bir yeteneğe sahip olmaktan ibaretti. Eser, malzemeyi aşardı. Hiç kuşkusuz, en iyi yazar kırtıpil bir olaydan bir başyapıt, ölümsüz bir sanat eseri çıkarmayı bilendi. "Tanrı'ya, en büyük yaratıcıya en çok benzeyen yazar –demişti bir akşamüstü kafeteryada– Bay Juan Valera'dır: hiç ama hiçbir şey söylemez. Bu hiçlikten bir düzine kitap yarattı." Bunu öylesine söylemişti, neredeyse hiç üzerine düşünmeden. Fakat bu cümle arkadaşlarını güldürdü ve dâhi olduğu kanaatini pekiştirdi. Leopoldo'ysa bu hatırlanası sözcükleri not etti ve onları bir öyküsünde kullanma fırsatını yakalamak için bekledi.

Kâğıtlarını masanın üzerine bıraktı. Kimsenin haklarını gasp etmeye kalkmayacağına emin olduktan sonra ayağa kalkıp adımlarını kütüphaneciye yöneltti. Bir kart aldı. Cebinden zarifçe vefakâr dolmakalemini çıkarıp özenli bir yavaşlıkla ve en güzel yazısıyla, "E-42-326. Katz, David. *Hayvanlar ve İnsanlar*. Leopoldo Ralón. Öğrenci. 32 yaşında," yazdı.

Sekiz yaşından beri kendini iki yaş küçültürdü. Sekiz yıldır öğrenci değildi.

Kısa bir süre sonra Leopoldo yeniden yerine oturmuştu, kitabın içindekiler kısmı açıktı, köpeklerle ilgili bölümü arıyordu. Birtakım beyaz kâğıtlar ve dolmakalemi masanın üzerinde sabırsızca ilginç bir bilgiyi kayda geçirecekleri anı bekliyorlardı.

Leopoldo kılı kırk yaran bir yazardı, kendine karşı çok sertti. On yedi yaşından itibaren bütün zamanını edebiyata verdi. Bütün gün aklı fikri edebiyattaydı. Zihni çok yoğun bir şekilde çalışıyordu, on buçuktan önce asla uykuya yenik düşmüyordu. Fakat bir kusuru vardı: Yazmayı sevmiyordu. Okuyor, notlar alıyor, gözlemliyor, konferanslara katılıyor, gazetelerdeki içler acısı İspanyolcayı acımasızca eleştiriyordu, zihin egzersizi olarak (ya da dinlenmek için) zor bulmacalar çözüyordu; arkadaşları sadece yazarlardı, tıpkı bir yazar gibi düşünüyor, konuşuyor, yemek yiyor ve uyuyordu; fakat eline kalemi almayagörsün derin bir dehşetin esiri oluyordu. Hayattaki en istikrarlı hayali ünlü bir yazar olmaksa da bunu hayata geçirme anını sürekli klasik mazeretlerle erteliyordu, mesela: her şeyden önce yaşamak lâzım, önce her şeyi okumak gerek, Cervantes *Don Quijote*'yi hayli ileri bir yaşında yazmış, tecrübe sahibi olmadan sanatçı olunmaz ve bunun gibi başka bahaneler. On yedi yaşına kadar yaratıcı bir iş yapmayı düşünmedi. Mesleğinde alaylı sayılırdı. Onu buna koşullar mecbur etmişti. Leopoldo her şeyin nasıl başladığını hatırlıyordu, hatta bunun üzerine bir öykü yazabileceğini düşündü. Bazı anlar dikkati Katz'ın kitabından başka yere kayıyordu.

O zamanlar bir pansiyonda kalıyordu. Lise öğrencisiydi, sinemaya ve patronunun kızına âşıktı. Patronunun kocasına "üniversiteli" diyorlardı, çünkü bir zamanlar altı ay kadar hukuk fakültesinde okumuşluğu vardı. Belli bir ağırlığı olan bu durum ve diğer kiracılardan birinin doktor, diğerinin mühendis, bir diğerinin hukuk fakültesi öğrencisi ve bir de sürekli Juan de Dioz Peza şiirleri okuyan bir beyefendi olması olgusuyla bir araya gelince, Leopoldo'nun başından itibaren kendini bilhassa entelektüel bir atmosferde hissetmesini sağladı.

Leopoldo o anda gülümsemesini saklayamadı. İlk kez yazar olma isteği duymasını anlatan bir öyküyü düşünüyordu (bunu ikinci kez deneyecekti); fakat doktorun hatırası düşüncesinin yönünü değiştirdi. Hiç kuşkusuz bu da fena konu değildi.

"Doktor R. F. okulunu bitireli dokuz yıl olmuştu; fakat pansiyonda kalmaya devam etmişti, çünkü artık bir meslek sahibiydi ve binada pek çok hastalığa yakalanabilecek bir sürü insan vardı, sokağa çıkıp müşteri aramak hakikaten aptallık olacaktı. Öyle ki, her ne kadar herkesle arkadaş olduğunu ileri sürse de kimseye asla bedava hizmet vermiyordu. Bu nedenle iştahsızlıktan bahsettikten sonra kendini ilaç alırken bulmak asla ayrı düşünülemeyecek iki eylemdi; yorgunluktan şikâyet etmenizle ciğerlerinize kulağını yapıştırması bir oluyordu; bitkin görünmek ve onun elinden iğne yemek aynı şey gibiydi. İşin iyi tarafı, şikâyet etmemenin de bir işe yaramamasıydı, çünkü tam sağlık yoktur, kendini bütünüyle sağlıklı hissetmek bilinen ve bu nedenle kontrol edilebilir olan bir hastalıktan daha kötüdür, bu nedenle mezarlıklar kendine fazla güvenenlerle doludur, lafını dilinden düşürmezdi."

Leopoldo birtakım notlar aldı ve defterine, "Bir doktor hakkında böyle bir öykünün yazılıp yazılmadığı kontrol edilecek. Eğer yanıt olumsuzsa konu hakkında düşünülecek ve yarından itibaren üzerine çalışmaya başlanacak," diye yazdı.

Öyküye doktorun ameliyat nefretiyle dalga geçerek başlayabilirdi, buradan da ev sahibesinin apandisit olduğu ve ameliyat olması gerektiğini anlattığı ve doktorun bunu duyunca yaşadığı öfke patlamasına atlayabilirdi. Leopoldo'nun yeni notu: "Ona bu aptallığa kalkışırsa evden ayrılacağını ilan ettikten sonra, sekiz gün boyunca tek söz söylemedi". Bir not daha: "Kadın her şeye rağmen ameliyat olduğunda doktorun dediğini yapmamasını, hatta tam tersine, kadın geri döndüğünde onu yaranın er ya da geç yeniden açılacağına, bu sebeple orada bulunmasının elzem olduğuna, çünkü ne olacağını bilmenin asla mümkün olmadığına ikna etmeye çalışmasını hicvet... Buraya biraz diyalog girer:

–Yok, hanımefendi, anlasanıza. Yara ameliyattan beterdir. Birini öldürmenin en kesin yolu karnında bir yara açmaktır. Bunu bir çocuk bile bilir.

–Ama ben artık kendimi iyi hissediyorum. Hiçbir zaman bu kadar iyi olmamıştım.

–Hanımefendi, istediğinizi düşünmekte serbesttiniz; ama benim görevim sizi korumak, feci bir sonucun doğmasını engellemek.

Leopoldo bu muhteşem öykünün bakış açısını geliştirmiş olmaktan dolayı içi rahatlamış halde Katz'ın kitabını açıp köpeklerin içgüdülerine dair bölümü aradı. Öncesinde o anki sorunuyla yüzleşmemek için duyduğu bilinçdışı arzuya kapılmışken gözü tavukların gagalamasıyla ilgili sayfalara takıldı. İlginçti. Biri diğerini, diğeri berikini, beriki de geriye kalanları gagalıyordu, bu yoruluncaya ya da sıkılıncaya kadar böyle devam ediyordu. Leopoldo bu can sıkıcı olayı üzülerek insan toplumunda rastladığı karşılıklı gagalama zincirine benzetmişti. Birden bu tür bir gözlemin hicivli bir öykü yazmak için ne kadar elverişli olduğunun ayırdına vardı. Notlar aldı. Herhangi bir şirketin başkanı, müdürü çağırtıp yumuşak başlılığı sebebiyle onu suçluyor, aynı zamanda öfkeyle düşüşteki bir grafiği gösteriyordu.

–Eğer işler böyle giderse şirket grafiğinin düşmeye devam edeceğini siz benden daha iyi biliyorsunuz. Bu nedenle bir sonraki hissedarlar toplantısında şirket için daha uygun bir müdür aramamızın iyi olacağını söylemek zorunda kalabilirim.

Gagalanmaktan ötürü şaşkına dönen müdür, bir şey söylemek ister, fakat şefi stenoya bir şeyler dikte ettirmektedir: "Şirketimizde son üç ayda gözlemlenen refah beni, şirketten ayrılma tehdidinizin sizden kaynaklı doğal bir korkudan çok, yanlış bir bakış açısından kaynaklandığını düşünmeye mecbur ediyor. Son günlerde satışların azalmış olması Adam Smith tarafından vaktiyle gözlemlenmiş basit bir fenomene dayanıyor, bu fenomen arz ve talebin değişkenliği. Piyasa doyduğunda...

Müdür bunun üzerine satış müdürünü çağırıyor:

–İşler böyle giderse siz benden daha iyi biliyorsunuz ki vs. önermek zorunda kalabilirim vs. uygun vs.

Bu gagalama eylemi şefin dikkatini toptancı tavuğa yöneltiyor:

–Eğer önümüzdeki hafta satışlar yüzde yirmi oranında artmazsa korkarım ki sizden vs.

Birkaç tüyü eksilen toptancı en yakınındaki astını gagalıyor, o da sevgilisini gagalıyor, o da annesini, o da..."

Doğrusu, diye lafın sonunu getirdi Leopoldo, bu malzemeyle iyi bir hikâye yazılabilir. Karşılaştırmalı psikoloji bütün yazarların bilmesi gereken bir şey. Bazı notlar alması gerektiğine dair not aldı ve dosyasına, "GAGALAMA HİKÂYELERİ" yazdı. İki, üç büyük markete gidilecek. Gözlem yapılacak. Notlar alınacak. Mümkünse bir yöneticiyle görüşülecek. Psikolojisi anlaşılacak ve bu psikoloji bir tavuğunkiyle karşılaştırılacak.

Henüz köpeklerle ilgili bölüme gelemeden Leopoldo içeri giren bir kıza pürdikkat baktı. İşte şimdi olmuştu. Bölüm buradaydı. Öteden beri not defterine işe yarayacak her bilgiyi geçiriyordu. Ona müzmin entelektüel görünümünü veren, mavi renkli derin gözaltı torbalarıyla halkalanmış yorgun gözleri belli bir metotla sayfalarda göz gezdiriyordu. Arada bir durup yüzünde zafer kazanmış bilgece bir edayla birkaç kelime yazıyordu. O anlarda bütün odaya dolmakalemin kâğıdı tırmalama sesi yayılıyordu. Direngen ve güçlü bir karakteri açığa vuran ince tüylerle kaplı özenli eli, disiplinli ve kararlı bir şekilde işaretleri takip ediyordu. Leopoldo'nun bu hazzı uzatmaktan zevk aldığı her halinden belliydi.

Aşağı yukarı yedi yıldır bir köpek hakkında bir hikâye yazıyordu. Gayretkeş yazarın mükemmellik tutkusu ona bu hayvanlarla ilgili yazılmış şeylerin neredeyse tamamını hatmettirdi. Aslında hikâye basitti, onun zevkine çok uygundu. Şehirde yaşayan küçük bir köpek birden kendini köyde bulur. Burada, Leopoldo'nun kafasında çoktan netleştirdiği birkaç olay yüzünden zavallı şehirli hayvancık bir oklu kirpinin karşısında ölüm kalım savaşı vermeye mecbur kalır. Bu mücadeleyi kimin kazanacağına karar vermek Leopoldo'nun uykularına mal oldu, çünkü eseri birkaç hazırlıksız okur tarafından sembolik bir hikâye olarak algılanma riskini taşıyordu. Böyle bir şey meydana gelecek olursa yazarlık sorumluluğu sınırlarını aşmış olurdu. Eğer köpek kazanacak olursa bu, şehirdeki hayatın cesareti, gücü, mücadele azmini ya da canlı varlıkların tehlikeler karşısındaki atılganlığını azaltmadığının kanıtı olarak yorumlanabilirdi. Fakat tersine, eğer oklu kirpi kazanan taraf olursa, öykünün derininde, Medeniyet ve İlerlemeye acımasız bir eleştiri getirdiğini düşünmek (yanlış yola saptıran bir acelecilikle) işten değildi. O zaman bilim ne işe yarıyordu? Trenler, tiyatro, müzeler, kitaplar ve okul? İlk durumda, toprak anayla her türlü temasın uzağında aşırı uygar bir hayatı savunduğu düşünülebilirdi, köpeğin zaferi bağıra çağıra ilerlemenin toprak anasız da yürüyebileceğini ilan ediyordu. Alelacele girişilmiş bir çözümleme onu tehlikeye atabilirdi. Yine de Tanrı biliyordu ki, bu onun düşüncelerine pek de uzak değildi. Şimdiden gazetelerdeki gaddar eleştirileri görebiliyordu: "*Aşırı medeni* Leopoldo Ralón, özene bezene bir öykü yazdı, arsızca ukalalık taslayan bu yapmacık öyküde öyle şeyler oluyor ki vs." Öte yandan oklu kirpi, köpeği alt edecek olursa pek çok kişi, kıllarla kaplı vahşi bir hayvanın insanların daha konforlu, daha rahat, daha kültürlü, daha ruhani bir hayat uğruna verdiği x yıllık emeği toprağa gömmeye kalkıştığını düşünecekti. Bu ikilem aylar boyunca bütün zamanını yedi. Leopoldo uzun uykusuz geceler boyu yatağında durmaksızın bir o yana bir bu yana dönerek aydınlığı aradı. Arkadaşları onu hiçbir zaman olmadığı kadar endişeli, uykusuz ve solgun görüyordu. En yakın arkadaşları bir doktora görünmesini, dinlenmesini tavsiye etti; ama diğer seferlerde olduğu gibi (gezegenler arası uçak öyküsü, amansız soğukta, bir sokak lambasının altında talihsiz çocukları için ekmek parası kazanmak zorunda olan hanımefendinin öyküsü) Leopoldo, kendine has bıkkın havasıyla onları sakinleştiriyordu: "Bir öykü yazıyorum; merak edilecek bir şey yok." Arkadaşları bu öykülerden herhangi birinin bittiğini olduğunu görse sahiden çok sevinecekti: fakat Leopoldo öykülerini göstermiyordu; Leopoldo aşırı derecede alçakgönüllüydü. Leopoldo şan şöhreti önemsemiyordu. Bir gün gazetede adına rastladı: "Yazar Lepoldo Ralón kısa süre içinde bir öykü kitabı yayımlayacak." Bir sinema artistinin ayağını kırdığı ve bir balerinin nezle olduğu haberinin ortasında sadece bu sözler vardı. Fakat dehasını açık bir şekilde teslim eden bu haber bile Leopoldo'nun koltuklarını kabartmıyordu. Şan şöhreti öyle küçümsüyordu ki, genellikle eserlerini bitirmiyordu bile. Hatta bazen öykülere hiç başlamıyordu. Üstelik bu aceleye gelecek bir mesele de değildi. Joyce ve Proust'un kendi metinlerini çok düzelttiğini duymuştu ya da bunu bir yerde okumuştu. Bu nedenle bütün çalışmalarında açığa kavuşmamış bir ayrıntı, belirsiz bir durum bırakmayı alışkanlık haline getirmişti. İnsan hedefi ne zaman tutturacağını bilemiyor. Yetenek her yedi yılda bir patlama yaparmış. Kaç defa uygun kelimenin gelip de tam yerine, tek ve değiştirilemez yerine oturması için haftaların, hatta ayların geçmesi gerekmişti.

Leopoldo köpeğin ölümüyle hikâyeyi çözebilecek olsa da (nihayetinde bunun olması için de elinde güçlü sebepler vardı) zafer kazanmasını tercih etti. Etraflıca düşününce eğer bizzat kendisi eserlerini uçakta akmayan bir dolmakalemle yazıyorsa; bir çemberi birkaç kez döndürerek üç bin millik mesafede dağların ve vadilerin ardında canı bildiği bir arkadaşıyla bağlantı kurabiliyorsa; tek bir komutuyla herhangi birinin iki bin yıl önce balmumu tabletler üzerine yazdığı eser elinde oluyorsa, haliyle bütün bunların hepsi gözüne muhteşem görünüyordu, köpeğin zafer kazanmasının kaçınılmaz olduğu an gelip dayandı. "Evet sevgili, iyi huylu hayvan –diye düşündü Leopoldo– senin kazanmam kaçınılmaz. Seni temin ederim ki kazanacaksın." Köpek kazanmanın eşiğindeydi. Leopolodo, Katz'ın kitabını okumayı bitirdiğinde köpek kesinlikle kazanacaktı.

Yine de Leopoldo bu cesur kararı aldığında beklenmedik bir engelle karşılaştı: hayatında hiç oklu kirpi görmemişti.

Böylece oklu kirpilerle ilgili bir araştırma yapması gerektiğine karar verdi. Köpeğin rakibinin bir oklu kirpi olması mecburiyettendi. Böylesi daha anlamlı olacaktı. Bu kendine özgü hayvanın oklarla kuşanması ilk andan beri ona çekici gelmişti. Oklu kirpinin küçük oklarını fırlatması ona son olarak binyıllar boyu savaşmak için ok kullanan ve neyse ki tükenmekte olan insan topluluklarına gönderme yapma fırsatı sunacaktı. Belli düzeyde bir beceriye yaslanmadan, düşmanın güneşi oklarıyla örtme tehdidi karşısında X'in (bu kimdi? bakılsın), o muhteşem yanıtına, o mağrur yanıtına anıştırma yapan bir gece mizanseni ayarlamanın yolunu bulabilirdi. Yanıt şuydu: "Daha iyi, biz de gölgede savaşırız." Üstelik açıktı ki, köpeğin rakibi bir aslan olsaydı (her ne kadar tarihi-edebi anıştırmalar açısından bu hayvan daha verimli olsa da) köpeğin zafer kazanması daha zor olurdu. Hayvanat bahçesinde bir aslan görmüştü; fakat aslan elbette işine yaramazdı. Yılan olabilirdi, fakat o da gerekenden fazla teolojik anıştırma barındırıyordu, böyle bir öyküde insan bundan kaçınmalıydı. Artık kır-kent sorununu tüketmişti. Ne bir örümcek ne de herhangi başka zehirli böcek düşünmek istiyordu. Buradaki haksız rekabet okurun ilgisini azaltırdı. Hayvanın bir oklu kirpi olması gerektiği belliydi. Oklu kirpinin yenilme ihtimali, "gölgede savaşırız" bir yana, daha yüksek ve elle tutulurdu.

Leopoldo kitaba başlayınca köpeklerin insanların çoğunluğunun düşündüğünden daha az akıllı olmasından ötürü büyük bir hayal kırıklığı yaşadı. İçgüdülerinin gelişiminin akıllara durgunluk vereceği doğruydu, hatta neredeyse biraz pratik yaparak matematik problemi çözebilecek duruma gelen atlarınki kadar şaşırtıcıydı. Fakat akıl, baylar bayanlar, akıl denen şey bu hayvanlarda hiç yoktu, hem de hiç. Böylece kahramanına, kendi tasarılarına göre ve kendi istediği şekilde değil de bilimin söyledikleri ışığında zafer kazandırması gerekiyordu. Üzülerek zavallı mağdur hayvanın bir domuzun boynunu ısırabileceğini, fakat asla uzaktan bile olsa yerden bir taş alıp düşmanının kafasına atamayacağını düşündü (not aldı). Yine de kendilerini hasta hissettiklerinde ortadan kaybolmaları bir zekâ belirtisi sayılmaz mıydı? Tanıdığı kaç kişi böyle bir şey yapmaya ehildi ki? Mühendisi hatırladı. Onun hikâyesini yazabilirdi. Aslına bakılırsa bütün ilk gençliği öykülük konularla doluydu.

Mühendis masada doktorun yanında otururdu. "Üniversiteli"den farkı neredeyse hiç konuşmamasıydı. Varoluşundan, bir gizem halesi yaratan sessizliğinden iyi bir roman bile çıkabilirdi. Hikâye tüm doğallığıyla şöyle başlayabilirdi:

"Mühendisi ilk kez, sıcak bir öğle vakti, tam yemeğe oturmuşken gördük. İçinde bir katil barındırdığı kimin aklına gelirdi ki? Her şey doktorun mühendise her zamanki haliyle gözlerinin renginin onu biraz endişelendirdiğini açıklamasıyla başlamıştı, hatırlıyorum:

–Sizi telaşlandırmak istemem, hele ki bu evde varlığınızla bizi şereflendireli topu topu iki gün olmuşken. Asla yapmam böyle bir şeyi. Fakat daha sonra yorgun gözlerinde tespit ettiğim rahatsızlık konusunda zamanında ikaz etmemiş olmak bir arkadaş, bir meslek erbabı olarak sırtıma büyük bir vicdan yükü bindirir; beyefendi, müsaade ederseniz, karaciğerinizin teklediğini söylemek isterim."

Sonra da bu ikilinin arasında gitgide büyüyen nefretin geçirdiği aşamaları en ince ayrıntısına kadar anlatmak üzere diyaloglara ara vereceğim. Mühendis ne gözünün korkutulmasına ne de kendisine reçete yazılmasına izin verdi, doktor bunu affedemezdi. Mühendis sahiden de hasta oldu, köpeklerin yaptığını yaptı: yemeklere gitmedi. Üstelik kalkıp kendi başına eczaneye gitti, bir müshil ilacı istedi ve kimseye hiçbir şey söylemeden ve koridorlarda geceleri sık sık attığı sessiz voltalar hariç kimseye bir şey fark ettirmeden ilacı içti. Ne muazzam, şahane bir öykü! –dedi kendi kendine Leopoldo. Sonra da, daha dünmüş gibi, doktorun mühendise duyduğu nefreti ve kendi ölümünün ne kadar yakın olduğunu hiç düşünmeden, mühendisin yakın zamanda gerçekleşecek ölümüne dair rahatsız edici sıklıkla kehanette bulunduğunu gözünde canlandırdı.

Mühendis odasına kapanıp dur durak bilmeden kafasında, Manş Denizi ile Tehuantepec Kanalı arasında bir yeraltı tüneli tasarlıyordu (elbette gözleri de bu nedenle kan çanağına dönmüştü). Sonunu bağlamak için de biraz zaman geçmesini bekleyip herkesi bir aile buluşması için salonda bir araya getireceğim. Doktor geç kalacak. Mühendis de. Sonra da hiç süslemeden mühendisi odada nasıl elinde kanlı bir baltayla ve bakışlarını düşmanının, koyu kırmızı bir kan gölünün üstünde yüzüstü yatan cesedine dikmiş vaziyette (tıpkı hipnotize olmuş bir tavuk gibi diye not etti) bulduklarını anlatacağım.

Ne yazık ki Leopoldo, köpeğin sadece içgüdülerine dayanarak ortadan kaybolmasıyla ya da bıçak darbeleriyle oklu kirpiyi haklamasıyla hikâyesini çözümleyemiyordu. Köpeğinin sağlığı dört dörtlüktü. Mesele onu elindekilerden başka bir silahı olmadan savaştırmaktı; hayatında ilk kez gördüğü bir hayvanla ölümüne savaşa girip kendinden geçirtmekti. Bu durum onda her zamanki moral çöküntüsünü ve bunalımı tetikledi. Attığı her adımda karşısına, üstesinden gelinmesi neredeyse imkânsız zorluklar, hikâyesini zirveye tırmandırmaktan alıkoyan dehşetengiz engeller çıkıyordu. Köpeklerle ilgili bilgi toplamak için koca koca kütüphaneler gezmişti. Şimdi tam kendini donanımlı sayabilecek duruma gelmişken oklu kirpilere dair neredeyse hiçbir şey bilmediğini fark ediyordu. Asla bitmiyordu; bugün bir şeyden şüphe ediyor, yarın içinde yeni bir tereddüt filizleniyordu. Yeniden meşakkatli bir araştırmaya girişmesi gerekiyordu, ki oklu kirpinin huyunu suyunu anlayabilsin; yaşam tarzını, içgüdülerini, bir köpeği alt edip edemeyeceğini ya da köpek dişleri karşısında her zaman yenilmeye mahkûm mu olduğunu; üstün zekâlı mı geri zekâlı mı olduğunu. Canı sıkılarak bu konunun, tıpkı daha önce olduğu gibi, diğer hikâyeciler tarafından kullanılmadığından şüphe etti, böyle bir şey bu kadar yıllık emeğini bıçak gibi kesebilirdi; fakat her ne kadar bu öykü önceden yazılmışsa da, hiçbir şey onu bu öyküyü tekrar yazmaktan alıkoymazdı, bu fikirle teselli buldu, tıpkı herkesin malumu olduğu üzere olayları başka yazarlardan alıp üzerinden geçen, kendi nefeslerini katan ve onları birinci sınıf trajedilere dönüştüren Shakespeare ya da León Felipe'nin durumunda olduğu gibi. Her halükârda halihazırda bunca yıl bu kadar emek harcadıktan sonra vazgeçmek için fazla ilerlediğini düşündü. Öykü yazdığını her söylediğinde komşularının çaktırmadan birbirlerine imalı bakışlar atma fırsatını değerlendirdiklerini acı içinde fark edeli çok olmamıştı. Şimdi görsünler bakalım yazmıyor muymuş! Peki ya haklılarsa? diye düşündü yanakları kızararak. Farkına varmaksızın, kendini adım adım bir suretler labirentinin içinde buldu, eğer delirmek istemiyorsa bir an evvel kendini buradan dışarı atması gerektiğini idrak etti. Kendini sakınmanın en iyi yolu sorunu göğüslemekti, gözlerinin altındaki torbaları, solgunluğunu ve her seferinde ortaya çıkması eli kulağında, bitmek üzere olan bir eserin ilanını haklı çıkaracak herhangi bir şey, bir şeyler yazmaktı. Bütün bunların üstüne sakince şöyle diyecek değildi: "Peki o zaman, yazmayı bırakıyorum. Ben yazar değilim. Dahası yazar olmayı istemiyorum." Diğer yandan kendine verdiği bir söz vardı ve artık Leopoldo Ralón'a yanlış meslek seçmediğini, hakikaten yazar olduğunu, bundan da öte, yazar olmak istediğini ispatlamayı daha fazla erteleyemezdi. İşte o zaman ilk kez edebiyat cumhuriyetine girmeye nasıl karar verdiğini anlatmayı düşündü. Günlüğüne geri dönmüş ve şu satırları okumuştu:

12 Salı

Bugün erken kalktım, ama başıma hiçbir şey gelmedi.

13 Çarşamba

Dün bütün gece boyunca uyudum. Uyandığımda *ya-*

mur yağıyordu, bu sebeple sevgili günlüğüme yazabileceğim bir maceram olamadı. Sadece saat yedi sularında deprem oldu ve hepimiz koşarak sokağa fırladık, fakat bugün yağmur *yâdığı* için biraz ıslandık. Şimdi de sevgili günlüğüm, sana yarın görüşürüz diyeceğim.

15 Cuma

Dün maceralarımı yazmayı unuttum, ama herhangi bir macera yaşamadığım için bunun bir önemi yok. Umarım yarın elli sent bulurum, çünkü çok iyi olduğunu söyledikleri bir filmi görmeye gitmek istiyorum, haydut sonunda ölüyormuş iyi geceler.

16 Cumartesi

Bu sabah satmak üzere kolumun altına bir kitap alıp dışarı çıktım, bu şekilde elli senti bir araya getirip getiremeyeceğime bakacaktım. Bay Jacinto'ya rasladığımda varmak üzereydim, orada yaşıyan Bay Jacinto'dan çok utandım , çünkü o çok okur, bunları yazıyorum, çünkü bu sahiden de bir macera, kolumun altındaki kitabı görünce bana demek edebiyat seviyorsun dedi. Çok utandım ve ona "Evet," dedim. Üst üste soru sormaya devam etti, ben de ona cevap verdim. Peki yazmayı sever misiniz cancağızım? Ona evet dedim, her zaman yazdığımı söyledim. Peki şiir mi yazıyordum, hikâye mi? Hikâye. *Bağzılarını* görmeyi isterim. Ama yok, çok kötüler, daha yeni *başlatım*. Bırakın bunları, alçakgönüllü olmayın, sizde yetenek olduğunu fark ettim, uzun zamandır çok yazıyor olduğunuzu gözlemliyorum. Ona o kadar çok yazmadığımı söyledim. Bana ne zaman bir hikâyenizi göstereceksiniz? Elimdeki hikâyeyi bitirince. Çok iyi olmalı; biraz sıradan. "Bugün bu masanın etrafında toplanan sizlere aramızda *gömmezden* gelinmiş büyük bir yazar olduğunu söyleyeceğim, yemek sırasında bu masanın etrafında toplanmış sizlere benim *gömmezden* gelinmiş bir yazar olduğunu söylemiştim", çok çok utandım ve evet dedim. Yarın bir öykü yazmaya *başlıyacağım*, aslında kolay bir şeyi *düşünnüp* yazmam yeterli. Sonra da temize çekeceğim. Filmi göremedim, ama Juan bana yarısından itibaren her şeyi anlattı, çünkü geç kalmıştı, sonunda haydudu öldürdüklerini söyledi. Bugün yazdıklarımı silsem daha iyi olacak, çünkü bu bir macera değil, bugün başımdan hiçbir macera geçmedi.

Yazarlık mesleğini böyle edindi. O günden beri hep not tutuyordu, sinema, tiyatro oyunları, polisiye ve gizem romanları, aşk ya da bilim romanları için kafasında kurgular yapıyordu; birinci tekil şahıs, dolaylı anlatım, mektuplaşma ya da günlük tarzında, diyaloglu ya da diyalogsuz; plajdaki bir şişe içinde bulunan tüyler ürpertici hikâyeler; ya da bazen şehirlerin ya da geleneklerin hoş tasvirleri. Fakat kalemi eline alacağı an yıllar geçtikçe uzaklaşıyordu. Bilgileri, konuları kayda geçiriyordu; her yanda her an gözlemliyor ve derin derin düşünüyordu; fakat bu adanmışlık haline rağmen neredeyse hiç yazı yazmıyordu. Hiçbir zaman tatmin olmuyor ve hiçbir işi bitirmeye cesaret edemiyordu. Hayır; telaş etmeye gerek yoktu. Arkadaşları arasındaki yazarlık şöhreti muhakkaktı. Bu içini rahatlatıyordu. Bir gün kendisinden beklenen başyapıtla hepsini şaşırtacaktı. Karısı onunla kısmen şöhretine kapılarak evlenmişti. Kocasının herhangi bir şeyinin yayınlandığını asla görmedi; ama o, herkesten çok o, nasıl da not kâğıtlarıyla dolu bir kutusu olduğunu, nasıl dolmakalemini sürekli ilham kaynağı mavi mürekkeple doldurduğunu, nasıl zihninin her an işlediğini, nasıl herhangi bir şeyden, en basit şeyden bile öykü yazılabileceğini anlattığını biliyordu.

Hakikaten bir yazar olduğunu kendisine ispatlamak için günlerden bir gün bir öykü yazmaya başladı. O sabah Leopoldo, bilinçdışı bütün gece çalıştıktan sonra, ilhamla dolu vaziyette uyandı. Bir köpeğin oklu kirpiyle savaşının mükemmel bir konu olduğuna kanaat getirmişti. Leopoldo bu fikrin uçup gitmesine izin vermeyip hummalı bir şekilde çalışmaya koyuldu. Kısa süre içinde her nasılsa konu bulmanın konuyu geliştirmekten, ona şekil vermekten çok daha kolay olduğunu kavradı. Böylece kendisinde eksik olan şeyin kültür olduğuna karar verdi ve sıtmaya tutulmuş gibi, eline ne geçerse okumaya başladı; fakat öncelikle köpeklerle ilgili olan şeyleri okuyordu. Bir süre sonra kendinden biraz daha emindi. Deste deste kâğıt istifledi, bütün evde sessizlik emri verdi, gözlerini zararlı ampul ışığından korumak için yeşil bir siperlik taktı, dolmakalemini temizledi, kendini iskemlesine iyice yerleştirdi, tırnaklarını yedi, bulutsuz göğün bir kısmını bilgece bakışlarla izledi, usul usul, sadece heyecan dolu kalbinin atışlarının araya girmesiyle, şöyle yazdı:

"Bir zamanlar bir evde çok güzel bir köpek yaşarmış. İyi bir ırktanmış, hayli küçük olanlardan. Sahibi serçe parmağında ihtişamlı bir yüzük bulunan, zengin mi zengin bir adammış, adamın bir kır evi varmış, fakat bir gün canı birkaç günlüğüne köye gidip temiz hava almak istemiş, çünkü kendini iyi hissetmiyormuş, çünkü çok çalışıyormuş, işi kumaş alıp satmakmış, böylelikle güzel yüzükler alabiliyor, aynı zamanda köye gidebiliyormuş, sonra köpeciği de yanında götürmesi gerektiğini düşünmüş, çünkü eğer onunla ilgilenmezse hizmetçisinin ona kötü bakacağını ve köpeğin üzüleceğini, çünkü iyi bakılmaya alışkın olduğunu düşünmüş. Dul olduğu için yanında köpeği, yani en yakın arkadaşıyla köye geldiğinde çiçekler çok güzelmiş, çünkü mevsimlerden baharmış ve bu zamanda çiçekler çok güzel olurmuş, çünkü bu onların zamanıymış."

Leopoldo eleştirel fikirden nasibini almamış değildi. Tarzının pek de iyi olmadığını anlıyordu. Ertesi gün bir güzel konuşma sanatı kitabıyla Bello-Cuervo'nun gramer kitabını aldı. İkisi birden kafasını daha da karıştırdı. Her ikisi de iyi yazmanın yolunu gösteriyordu; ama hiçbiri kötü yazmanın nasıl engelleneceğini anlatmıyordu.

Yine de bir yıl sonra pek hazırlık yapmadan yazabilecek duruma gelmişti:

"Köpek asil ve güzel bir hayvandır. İnsanın insanlar arasında bile bu kadar yakın arkadaşı yoktur, insanlar arasında acı verici sıklıkta sadakatsizliğe ve nankörlüğe rastlanır. Kalabalık bir kentte, zarif ve iyi konumdaki bir köşkte bir köpek yaşarmış. İyi bir ırktanmış, bir hayli küçükmüş, fakat güçlü ve son derece cesurmuş. Bu yüce gönüllü hayvanın sahibi zengin ve nüfuzlu beyefendinin bir köy evi varmış. Bir sürü önemli işinden yorulduğu bir gün kırdaki malikânesinde biraz vakit geçirmeye karar vermiş; fakat o yokken rahatına düşkün hizmetçilerin köpeğe ne yapacaklarını bilemediği için, iyi kalpli ve varlıklı sanayici sevgili köpeğini yanında götürmüş. Elbette; görgüsüz hizmetçilerin üşengeçlikten ve umursamazlıktan köpeği canından bezdireceklerinden korkuyormuş.

"Kırlar baharda çok güzel olur. Bu tatlı mevsimde etraf göz kamaştırıcı taçyapraklarına sahip renkli çiçeklerle dolup taşar, seyyahın aklını başından alır; kendinden emin, mutlu kuşların zevkle şakımaları aç susuz seyyahın hassas kulaklarına bayramdır. Fabio, kırlar baharda ne güzel!"

Artık belagat ve gramere hâkimdi.

Bu önemli meselenin üstesinden gelince, Leopoldo güzel ve asil hayvanın oklu kirpiyle karşılaşmak zorunda kaldığı ana kadar ilerledi. Bütün bunlar özenli ve okunaklı el yazısıyla yüz otuz iki sayfadan fazla tutmuştu; fakat bu sayfaların elli üçünden feragat etmişti. Eserinin kusursuz olmasını arzuluyordu. Bu basit konunun her şeyi kapsamasını istiyordu. Zaman ve mekân üzerine söylemek istedikleri altı aydan az olmayan çalışmadan fazlasını gerektirdi. İnsanın en iyi dostunun köpek mi at mı olduğuna, kırdaki ve kentteki hayata; beden sağlığı ve akıl sağlığına (*mens sana in corpore sano* özdeyişine yaptığı tuhaf yeni tercüme bir yana); Tanrı'ya ve eğitimli köpeklere; köpeklerin aya karşı ulumasına; hayvanların sevgi gösterilerine; kızaklara ve Diyojen'e; Rin Tin Tin ve dönemine (sanatın en yüksek tepelerine tırmanan köpek); fabllar ve İspanyolcada binbir isme evrilen Ezop'un fabllarının aslında kime ait olduğuna dair konu dışı uzun sözleri onu iki yıllık bereketli bir emeğin de ötesine taşıdı. *Moby Dick*, *İnsanlık Komedyası* ve *Kayıp Zamanın İzinde*'nin incelikli bir harmanını yaratmayı arzuluyordu.

Bu yaklaşık birkaç ay önceydi.

Ona rastladığımız dönemde fikrini değiştirmişti. Artık senteze inanıyordu. Eğer her şey, hem de her şey bir sayfanın ölçüsünde anlatılabiliyorsa neden bu kadar yazılıyordu ki? Bu hakikate inanarak yeni sanatsal yoluna duyduğu eksiksiz inançla kendini merhametsizce her şeyi silmeye ve karalamaya verdi, genellikle de zarif bir fedakâr ruhla.

Kütüphaneye girdiğini gördüğümüz gün, hatırı sayılır derecede küçülmüş eseri bir kelime eksik, bir kelime fazla şu aşağıdaki halini almıştı:

"İyi bir köpekti. Küçüktü, neşeliydi. Bir gün kendini tanımadığı bir yerde buldu: kır. O sabah, bir oklu kirpi..."

Leopoldo, Katz'ın, içinde oklu kirpilere dair hiçbir şey bulamadığı kitabını kapadı. Oklu kirpiler hakkında bazı kitaplar istedi; fakat ona ne yazık ki oklu kirpiler hakkında yazılmış çok az şey olduğu söylendi. Böylece şimdilik *Resimli Küçük Larousse*'daki tutarsız bilgilerle idare etmesi gerekti:

"DOMUZ m. (*Lat. Porcus)*. Domuz, kalın derili evcil memeli. *mec. ve teklifsiz.* Pis ve kaba insan: *Domuz gibi davranmak. Oklu kirpi*, gövdesi dikenlerle kaplı Kuzey Afrika kemirgeni: *oklu kirpi zararsızdır, gececildir, kök ve meyvelerle beslenir. Amer.* Coendu. *Prov.* Her oklu kirpinin Aziz Martin günü gelir, nihayetinde herkesin acı çekeceği an gelir. En adi domuza en iyi meşe palamudu, çoğunlukla en az hak eden kazanır. Oklu kirpi çok değerli bir hayvandır: gövdesinin her kısmı yenilebilir. Çok pişirilip yenmesi gereken eti tuzda bekletilir. Derisine yapışık haldeki yağdan *pastırma* üretilir; eritilip saklanmasıyla da domuz yağı elde edilir. Hayvanın kalın sert kılları ve tüyleri fırça ya da süpürge yapımında kullanılır. Oklu kirpi zahmetsiz yetiştirilir, hızla büyür; bu hayvan çok sevdiği meşe palamudu, kestane ya da patates yoksa her türlü artıkla doyar."

–Yarın –dedi Leopoldo– yarın araştırma yapmak için kıra gideceğim.

Kıra seyahat! Ne güzel hikâye yazılır.

KONSER

Birkaç dakika içinde bütün zarafetiyle piyanonun karşısındaki yerini alacak. Seyircilerin gürültülü tezahüratını neredeyse hissettirmeden hafifçe öne eğilerek karşılayacak. Pul payetle kaplı kıyafeti, sanki ışık, arkadaşlarımın bana kalırsa dünyanın en iyi müziğini icra etme çabasını destekleyeceği ya da köstekleyeceği –bunu asla bilemeyeceğim– bu küçük ve özel salonu dolduran yüz on yedi kişinin gittikçe yükselen alkışlarını üzerine yansıtıyormuş gibi parıldayacak.

Bana kalırsa öyle, bilmiyorum. Bach, Mozart, Beethoven. Onların aşılamaz olduğunu duymaya alışkınım, ki ben de böyle olduğunu farz etmeye başladım. Böyle olduğunu söylemeye başladım. Kendimi böylesi bir durumun içinde bulmayı pek istemezdim. İçimde bir yerde hiçbirinin benden hoşlanmadığını düşünüyorum, ayrıca hepsinin coşkumun sahte olduğunu anladığından şüphe ediyorum.

Hiçbir zaman bir sanat âşığı olmadım. Eğer kızım piyanist olmayı istemeseydi halihazırda böyle bir sorunum olmayacaktı. Ama ben onun babasıyım ve üstüme düşen vazifeyi biliyorum, onu duymam, onu desteklemem gerek. Ben iş adamıyım, ancak mali yönetim yaptığım vakit kendimi mutlu hissediyorum. Tekrarlıyorum, ben sanatçı değilim. Eğer servetini katlamak, dünya pazarını ele geçirmek ve rakipleri ezip geçmek sanatsa bu sanatta birinci gelirim.

Müzik güzel, elbette. Fakat kızımın bu güzelliği canlandırma becerisi var mı, yok mu, bilmiyorum. O da emin değil. Pek çok kez resitallerden sonra onca alkışa rağmen ağladığını gördüm. Öte yandan eğer birisi hararetle alkışlamıyorsa kızımın izleyiciler arasında o kişiyi tespit etme yeteneği var, ki bu da acı çekmesine ve o andan itibaren o kişiye karşı büyük bir nefret duymasına yetiyor. Fakat herhangi birinin onu soğukkanlılıkla alkışlaması ender bir durum. En yakın arkadaşlarım alkışlarken donuk davranmanın ne kadar tehlikeli olduğunu ve onları mahvedebileceğini bizzat öğrendiler. Eğer kızım alkış selini yeterli bulduğuna dair bir işaret vermezse her biri alkışlamayı kesecek ilk kişi olmanın korkusuyla bütün gece alkışa devam eder. Bazen durmak için benim yorulmamı beklerler, o zamanlarda ellerime nasıl benden önce sessizliği başlatacak kişi olma korkusuyla gözlerini diktiklerini görürüm. Başlarda beni kandırıyorlardı, hakikaten heyecanlandıklarını düşünüyordum: zaman boşa akmadı ve nihayet onların gerçek yüzünü gördüm. İçimde gittikçe büyüyen müzmin bir nefret beni ele geçirdi. Fakat ben de dalavereci ve sahtekârım. İnançsızca alkışlıyorum. Ben bir sanatçı değilim. Müzik güzel şey, ama aslında güzel olup olmaması umurumda değil ve canımı sıkıyor. Arkadaşlarım da sanatçı değiller. Onları yerin dibine batırmak hoşuma gidiyor, ama umurumda değiller.

Beni esas gıcık eden diğerleri. Hep en ön sıralarda oturuyorlar ve sürekli not defterlerine bir şeyler karalıyorlar. Kızımın isimleri dikkatlice listeleyip gönderdiği beleş davetiyeleri alıyorlar. Onlardan da tiksiniyorum. Gazeteci tayfası. Elbette benden korkuyorlar, genellikle onları satın alabiliyorum. Yine de iki-üç tanesinin ne kadar küstah olduğunu anlatamam, birkaç kez kızımın kötü bir yorumcu olduğunu söylemeye cesaret etmişlikleri var. Kızım kötü bir piyanist değil. Bizzat kendi hocaları bana böyle söylüyor. Çocukluğundan beri çalıştı, parmaklarını benim sekreterlerimden herhangi birine kıyasla çok daha esnek ve beceriklice hareket ettiriyor. Her icrasını anlamadığım doğru, ama ben bir sanatçı değilim, zaten o da bunu gayet iyi biliyor.

Kıskançlık iğrenç bir günahtır. Arada bir çıkan kötü eleştirilerin arkasında yatan gizli neden düşmanlarımın bu kötü huyu olabilir. O anda gülümseyen, birkaç dakika içinde kızımı alkışlayacak olanlardan birinin bu karşıt yargılara yataklık yapmasını yadırgamam. Güçlü bir babaya sahip olmak onun yararına işledi, ama aynı zamanda talihsizliği de oldu. Eğer benim kızım olmasaydı basın hakkında ne düşünürdü diye soruyorum kendime. Sanatsal heveslere kapılmamış olması gerektiğini düşünmekten kendimi alıkoyamıyorum. Bu içimize şüphe salmaktan ve uykusuzluktan başka hiçbir şey getirmedi. Fakat kimse, yirmi yıl önce şimdi olduğum yere geleceğimi hayal bile edemezdi. Ne o ne de ben tam olarak nasıl bir piyanist olduğunu bileceğiz. Benim gibi bir adamın böyle bir endişeyi taşıması ne kadar aptalca.

Eğer kızım olmasaydı itiraf etmeliyim ki ondan nefret ederdim. Sahneye çıktığını her gördüğümde böyle yanlış bir yol seçmesine izin verdiğim için ona ve kendime karşı duyduğum inatçı bir hınç yüreğimi kavuruyor. O benim kızım, kuşkusuz, ama tam da bu nedenle bana bunu yapmaya hakkı yoktu.

Yarın ismi gazetelerde çıkacak ve alkışlar koca koca harflerle katlanacak.

Göğsü kabararak bana yüksek sesle eleştirmenlerin övgü dolu sözlerini okuyacak. Fakat son yazılara, belki de övgülerin daha hayranlık dolu ve yüceltici olduğu satırlara yaklaştıkça gözlerinin nasıl nemlendiğini, sesinin nasıl zayıf bir homurtuya dönüşünceye kadar kısıldığını, sonunda avutulması imkânsız sonsuz bir bağırtıyla ağladığını göreceğim. Var gücümle uğraşsam da onu sahiden iyi bir piyanist olduğuna ve Bach, Mozart ve Beethoven'in mesajlarını canlı biçimde iletme becerisi karşısında memnuniyet duyacaklarına inandırmaktan acizim.

Sahneye çıkacağını delalet eden ani sessizlik geldi. Kısa bir süre içinde uzun ve ahenkli parmakları tuşların üzerinde kayacak, salon müzikle dolacak, bense bir kez daha acı çekeceğim.

YÜZÜNCÜ YIL

Dedim ki, "...Bana merhum İsveçli Orest Hanson'un hikâyesini hatırlatıyor, dünyanın en uzun boylu adamı (kendi zamanında öyleydi. Bugünlerde rekoru sık sık kırılıyor).

1892'de Avrupa'da çoktan hak ettiği bir turne yapıp iki metre kırk yedi santimlik boyunu göstermişti. Hayal güçleriyle sıradan insanlardan ayrılan gazeteciler ona zürafa adam diyordu.

Düşünün bir kere. Eklemlerinin zayıflığı sebebiyle hiçbir zorlayıcı hareket yapamadığından onu beslemek için ailesinden birinin bir ağacın dallarına tırmanıp ağzına özel bir köfte ve tatlı olarak da küçük pancar şekeri lokmaları vermesi gerekiyordu. Başka bir akrabası ayakkabılarının bağcıklarını bağlıyordu. Bir diğerinin Orest'in dikkatsizliğinden ya da kendine has sakarlığından ötürü elinden kayıp düşen bir nesneyi yerden alması gerektiğinde hep tetikte olması gerekiyordu. Orest bulutlara bakıyor ve kendisi için bir şeylerin yapılmasını bekliyordu. Aslında onun krallığı bu dünyada değildi, hüzünlü ve uzak gözlerinde dünyevi şeylere duyduğu özlem sezinlenebiliyordu. Kalbinin derinliklerinde cücelere karşı özel bir kıskançlık besliyordu, hep tıpkı çocukluğunun akşamüstlerinde yaptığı gibi kapı tokmaklarına uzanıp ulaşamamayı, birden deli gibi koşmayı hayal ediyordu.

Narinliği inanılmaz sınırlara dayanmıştı. Sokaklarda gezinirken her bir adımında görkemli bir şekilde yere kapaklanacak diye yoldan geçen İskandinavlar bile korkuyordu. Zamanla annesiyle babası doymak bilmez faydacılık belirtileri göstermeye başladı (bu durum bir eleştiriden daha fazlasını hak ediyordu), Orest'in sadece Pazar günleri, amcası Erick'in peşi sıra ve de yanında hizmetçi Olaf'la dışarı çıkmasına karar verdiler, Olaf bu yerçekimsel tehlikeyle dolu gösteri karşısında kendini bir şey ödemeye mecbur hisseden ince ruhlu insanların paralarını şapkasına topluyordu. Ünü gittikçe yayıldı.

Fakat her şey güllük gülistanlık değildi. Orest'in çocuksu ruhu bu madeni paralara karşı günden güne dayanılmaz bir tutku biriktirmeye başladı. Sonunda darphanede basılmış metale karşı hissettiği bu haklı düşkünlük çöküşünü hazırladı ve birazdan göreceğiniz tuhaf sonunun sebebi oldu.

Barnum onu bir meslek sahibi yaptı. Fakat Orest sanatın çağrısını duymuyordu, sirk onu sadece bir para kaynağı olarak cezbediyordu. Öte yandan aristokratik ruhu ne aslanların kokusuna ne de ona acıyan insanlara katlanabiliyordu. Barnum'a hoşça kal dedi.

On dokuz yaşına geldiğinde boyu iki kırk dörttü. Sonrasında sakin bir dönem geçirdi, ancak yirmi beşinde ömrünün sonuna dek kalacağı, iki kırk yedilik normal uzunluğuna erdi. Bu da şöyle keşfedildi. Britanya Majestelerinin kapıldığı saçma heves sebebiyle Londra'dan davet alınca vize almak için Stockholm'deki İngiltere Konsolosluğuna gitti. Nevi şahsına münhasır İngiliz konsolosu onu karşısında görünce büyük bir şaşkınlık belirtisi göstermedi, hatta boyunu kilosunu sormaya cüret etti, hatta belgelerini hazırlarken boyunun iki kırk beş olduğundan şüphe etti. Metre boyunun iki kırk yedi olduğunu ispatlayınca konsolos sükûnet içinde "Ben demiştim" anlamına gelen bir el hareketi yaptı. Orest hiçbir şey demedi. Sessizce pencereye yaklaştı, alınmış şekilde dalgalı denize ve sakin gökyüzüne uzun uzun baktı.

İlerleyen zamanda Avrupalı kralların merakı gelirini artırdı. Kısa zaman içinde kıtanın en zengin devi oldu, ünü Patagonyalılar, Yaquiler ve Etiyopyalılar arasında bile yayıldı. Rubén Dario'nun Paris'te çıkardığı dergide Orest'in iki üç fotoğrafına rastlanabilir, o zamanların en meşhur simalarının yanında gülümser vaziyette; sanatçının onuncu ölüm yıldönümünde, ölümünün ardından da olsa, hak edilmiş bir saygı duruşu niteliğinde, büyük şairin yayımladığı grafik belgeler.

Birden ismi gazetelerden silindi.

Fakat beklenmedik şekilde yitip gidişinin nedenleri her ne kadar büyük bir çabayla saklanmak istense de bugün, resmi davetle yüzüncü yıl kutlamalarına gittiği Meksika'da trajik bir şekilde öldüğü biliniyor. Sebebi bir altın parayı (para elbette bir cumhuriyet altınıydı) almak için yere eğildiğinde kemiklerinin yirmi beş yerinden kırılmasıydı, parayı ona hoyrat vatansever coşku patlaması sırasında Porfirio Díaz'ın sağ kolu Chihuahua'lı karanlık Silvestre Martín fırlatmıştı.

SİZLERİ KANDIRMAK İSTEMEM

Gösterimin öncesi planladığı gibi ilerlemedi. Dolu salondaki sabırsız ve sıcaktan bunalmış izleyiciler koltuklarında sabırsızca bir sağa bir sola dönüyordu. Sahnenin ortasında arada bir sinir bozucu şekilde öten bir mikrofon duruyordu.

Bir süre sonra metalik bir ses amplifikatör aracılığıyla, filmin Fransa'dan henüz gelen başrol oyuncularının, izleyicilere bir şeyler söylemek ve –işin en cazip kısmı bu olsa da, vurgulanmamasına rağmen– izleyicilerin karşısında kanlı canlı görünmek üzere sahneye geleceğini anons etti. Gayretkeş ve kel bir adam olan sunucu, mahcubiyetle özgüven karışımı bir biçimde konuşmaya başladı, profesyonel bir ses tonu tutturma çabası ilk andan itibaren tecrübesinin yetersizliğini belli ediyordu.

Sanki hiçbir şey önceden planlanmamışçasına, kadın yıldız, oturduğu yerde, adının anons edildiğini duyunca şaşırmış gibi yaptı; fakat hemen ardından ışıldayarak sahneye çıktı ve alkışlar arasında şükranlarını dile getirdi. Sonra başrol oyuncusu erkek göründü, kısa bir sessizliğin ardından söyleyecek daha iyi bir şey bulamadığı için kırık İspanyolcasıyla "Viva México!" diye haykırıp büyük alkış topladı.

Sonrasında daha az önemli oyuncular sahneye çıktı, elbette hiçbir alakası olmayan bir dizi insan, aralarında kısa boylu bir tip vardı ki, radyo sanatçılarının ve hayvanların sesini taklit edebildiğini itiraf ederek kendine önemli biri havası verdi, taklit de yaptı. Son olarak da, ne yazık ki başta unutulan, filmin yapımcısı ve onun eşi.

Sunucu her birini cesaret verici, övgü dolu sözlerle takdim ediyor, hepsi için alkış istiyordu. Pek yetenekli sayılmazdı, beceriksizliğini herkesi pohpohlayarak ve kollarını büyük bir coşkuyla hareket ettirip izleyicilerden alkış isteyerek saklıyordu, fakat izleyiciler bu isteğe her defasında daha cansız şekilde karşılık veriyordu.

–Bu gece –diye anons etti son olarak– yapımcının eşi, büyük aktris –telaşla elindeki kâğıda baktı– Bayan Fuchier de aramızda, şimdi bize birkaç şey söyleyecek, kendisi için güçlü bir alkış rica ediyorum.

Sunucunun imalı alkışına koltuklardan sekiz-dokuz kişi bezginlikle yanıt verdi.

Bayan Fuchier mikrofona yaklaştığında ne kadar güzel bir sarışın olduğunu, parıltılı elbisesini ve mücevherlerini gösterme fırsatı buldu. Tereddütle ve sarsakça birkaç saniyeliğine endişe içinde topuzu hareket ettirdi ve sonunda mikrofonu ağzının seviyesine getirmeyi başardı; hüzünle gülümsedi, sanki "nihayet" der gibiydi, izleyiciler de anlayışla ona karşı gülümsedi.

–Sevgili izleyenlerim, çok teşekkür ederim –diye başladı söze–. Her şeyden önce sevgili arkadaşım beyefendi... beyefendi... –sunucuyu işaret etti– şimdi söylediği gibi büyük bir oyuncu olmadığımı açıklamak istiyorum. Aslında bir aktris bile değilim. Elbette aktris olmayı ve sık sık size birkaç dakikalık mutluluklar yaşatabilmeyi isterdim; fakat malum, sanat çok zor bir iş, açıkçası, aslında, sanatın çok zor bir iş olduğunu düşünüyorum, tepesindeki ışıklarla bir kameranın karşısında durma fikri bile elimi ayağıma dolaştırıyor, sanki kurşuna dizilecekmişim gibi. İnsan herhalde kendini öyle hissediyordur. İşte bu nedenle sahiden de neden benim büyük bir aktris olduğumu iddia ettiğini anlamakta güçlük çekiyorum. Sadece bir aktris de değil, dikkat ederseniz, büyük bir aktris. Bunun gerçek olmasını elbette isterdim, çünkü her şeye rağmen yine de sahne, karşı koyamayacağım şekilde beni kendisine çekiyor. Okulda, uzun yıllar önce, bir grubumuz vardı ve güzel İsa'nın doğumunu anlatan Noel temsilleri sahnelerdik, tahmin edersiniz; fakat ben asla utangaçlığımı yenmeyi beceremedim, izleyicilerin karşısına çıktığımda fikirlerimin kim bilir nerelere uçup gittiğini hissediyordum, ter içinde kalıyordum, çünkü herkesin sanki çıplakmışım gibi bana baktığını fark ediyordum, sonra da çoban rolünde miyim, koyun muyum, Bebek İsa mıyım, her şey birbirine karışıyordu. Düşünün bir. Rolümü ve neden orada olduğumu unuttuğumda aklıma, bir şeyler uydurup konuşmak, orada öyle salak salak durmamak için konuşmak geliyordu. İşte bu nedenle sizin karşınızda konuşacak insanın bir sanatçı, deyim yerindeyse, olgun bir sanatçı olduğunu düşünmemenizi rica ediyorum.

Salonda sabırsızlananların ve hak verenlerin homurtuları arasında zayıf bir alkış duyuluyordu. Kara kuru bir adam karısına dönüp fısıldadı: "Bu da ne şimdi?"

–Sadece bu gece burada sizinle birlikte olduğum için ne kadar mutlu olduğumu söylemek istiyorum; fakat benim büyük bir aktris olduğum iddiası gerçeklerin çok uzağına düşüyor. Ne büyük bir beklenti! Eğer şirketi yöneten eşim Bay Fuchier olmasaydı, herhalde sanıyorum ki, burada bile olmazdım. Dahası benden gümüş ekranda birazdan izleyeceğimiz *Özgürlük Rüzgârları* filminin başrolünü canlandırmamı ısrarla istediğinde, okuldaki tecrübelerimi düşünüp kendi kendime şöyle dedim: "Ne yapacaksın? Ya başarısız olursan?" O beni üst üste "Hadi, cesaretini topla, sinemada oyunculuk bilmek şart değil" diyerek yüreklendirdikçe, ben sanatsal yeteneksizliğimi ima ediyor diye vehmediyordum, bana inanmadığını düşündüm, rolü hiç istemedim, çünkü kendimi tanıyorum. Aslında rol yapmayı sevdiğim doğru, hatta bazen evde yalnızken aynanın karşısına geçip alışkanlığımı yitirmemek için, biri görse büyük utanç duyacak olmama rağmen, İsa'nın doğumu piyesinden bazı sahneleri çalışırım. O anlarda her şeyi unutup mutlu olurum. Fakat o an biri gelip de beni ezber yaparken yakalarsa saçlarımı tarıyormuş ya da bir sinek öldürüyormuş gibi yaparım. En çok komedi filmlerinde oynamayı isterdim. Ötekilerden daha kolay, çünkü biri bir yere, mesela bir duvara toslasa herkes güler, kimsenin bir şey anlaması gerekmez. Dramda durum farklıdır.

İzleyiciler arasından kibar bir grup salonda artan homurtuyu kesmeyi başardı. Sabırsız izleyiciler, teslim olup kâh eğlenip kâh kafaları karışarak Bayan Fuchier'i biraz daha dinledi. Sadece kara kuru beyefendi gazetesiyle ses çıkarma konusunda ısrarcıydı, karısı, "Bir rahat dur!" dedi.

–Arada üniversiteye gitme arzusu hissettiğim zamanlar oldu. Ama hayır; hiçbir zaman cesaret edemezdim. Evet, böyle arzularım vardı, ama, "Ne yapacaksın ki?" dedim kendi kendime. Bütün günlerimi belki yarın, belki yarın diyerek geçiriyordum. Buna açıklık getirmek istiyorum; çünkü kendime sahip olmadığım yetenekler atfetmek hoşuma gitmiyor. Herkes bana karşı çok nazik davranıyor; fakat bulunduğum yerle artık tiyatronun esin perisi Thalia'nın hizmetinde oluşum arasında çok uzun bir mesafe var.

Makul davranma telkinleri çoğunluk tarafından reddedilmişti, ıslıklarla birbirine karışan alkışlar bu sefer daha güçlü duyuluyordu. Amfitiyatrodan Bayan Fuchier'in sesini taklit eden bir haykırış duyuldu, herkes bu kişinin radyo sanatçılarının ve hayvanların sesini taklit eden adam olduğunu düşünerek güldü.

–Öncelikle çok çalışmak lâzım; fakat ben çalışmayı beceremem, aslında hiç beceremedim, çünkü sık sık dikkatim dağılır; hani derler ya, ipin ucunu kaçırıveriyorum ve başka bir şey düşünmeye başlıyorum, haliyle konsantre olamıyorum. Sanat her şeyden önce konsantrasyon, uzun soluklu bir gayret ve başka bir şey düşünmemeyi ister. İşte bu, diyordum kendi kendime, sende eksik olan şey sebat; sende kabiliyet yok. Hakikaten öyle, tiyatroyu seviyorsun, ama o kadar da değil, peki öyleyse neden bu kadar ısrarcısın? Ya başarısız olursan? Eğer bunu kocanı memnun etmek için yapıyorsan seni ne kadar sevdiğini görüyorsun, o zaman tamam; fakat tek mesele caka satmaksa, neden böyle ısrar ediyorsun? Bunları geceleri düşüncelere daldığımda kendi kendime söylüyorum. Galiba kocam da böyle düşünüyor. Kim bilir. İnanmayacaksınız, aslında içimden sürekli ağlamak geliyor.

Sunucu vazifesini dikkatli bir şekilde ifa ederek herkese bakıyor ve açıklamada bulunma arzusuyla çeşitli mimikler yapıyordu: "Ne yapacağız? Suç bende değil. Durum vahim, farkındayım, fakat elimden bir şey gelmiyor."

–O mikrofona yaklaştım, çünkü bu gece burada onca büyük sanatçının arasında olmaktan ötürü ne kadar büyük bir mutluluk duyduğum bilinsin istiyorum; fakat buradan, bu beyefendinin söylediklerinden ötürü, nasıl desem, benim hakkımda yanlış bir düşünceye kapılmanızı istemem. Eğer mümkün olursa, size söz veriyorum, kendimi zorlayacağım, çalışacağım, bir gün aktris olmaya layık olacağım; ama şimdilik dürüst davranıp ne kendimi kandırmamalıyım, tabii ne de sizleri...

Bu sırada kendi derdine düşen sunucu mimiklerle ve ne akıllı olduğunu ispatlayan bakışlarıyla anlaşılmayı bekliyordu. İzleyenlere şu mesajı iletme derdindeydi: "Anlayın. Bence onu susturmak doğru değil. Acaba daha mı güçlü alkışlasanız ya da ıslıklasanız ya da bir şey yapsanız işte. Elbette, sunucu benim, fakat bütün bu olanlar o kadar tuhaf ki. İçine düştüğüm durumun farkında mısınız? Sadece bir kez birkaç yıl önce benzer bir tecrübe yaşamıştım. O zamanlar bu işe yeni başlamıştım ve çabuk şaşalıyordum. Bir gün cumhurbaşkanı yaşadığım kasabaya gelmişti, o gün tesadüfen amcalarımdan birinin doğum günüydü, amcam Cumhurbaşkanını görünce kasabaya onu kutlamaya geldiğini düşünmüştü ve mikrofondan bu kadar büyük bir onuru hak etmediğini, Başkanın ayağına geleceği biri olmadığını söyleyivermişti, ben de ne yapacağımı bilememiştim. Peki ben şimdi ne yapayım, ben de mağdurum. Büyük aktris demem, nasıl anlatsam, nezakettendi."

–Bu gece bu İtalyan sineması festivalinin açılışında olmaktan büyük mutluluk duyduğumu ısrarla yinelemek istiyorum. Birden belki yeni gerçekçi bir filmde çalışmanın daha kolay olabileceği fikrine kapıldım, ama kendi kendime şöyle dedim: "Sen ne yapacaksın? Ya beceremezsen?" Bilmiyorum, belki de kendime çizdiğim yol bu olacak: basit bir rol, kafa karıştırmayan; yani hiç korku duymadan bir parça doğaçlama yapabileceğim bir rol, karakteri akışa bırakacağım. Ne diyeyim, bilmiyorum.

Sunucunun mimikleri umudunu gittikçe yitirdiğini ifade ediyordu. Ellerini ovuşturuyor, gözlerini kırpıştırıyordu; dikkatli bir gözlemci amcasının bir kez daha Cumhurbaşkanı karşısında onu zora soktuğunu anlayabilirdi.

İzleyiciler artık kimi takip edeceklerini bilmiyordu, arzuları, korkuları ve hataları üzerine bir söylev çeken Fuchier'in eşine mi, yoksa telaştan afallamış sunucunun mimiklerine mi? Seyirciler içten kahkahalar atmayı ve ayaklarını yere vurmayı tercih ettiler. Sıska beyefendi içgüdülerinin dizginlerini saldı, iskemlesinde düz durmaya çalıştı, fakat karısı koluna dirsek atarak, "Neyin var senin?" diyordu.

–Belki de iyi bir öğretmenle çalışırsam izleyicilere alışabilirim, konsantre olmayı da öğrenebilirim, çünkü benim en büyük eksiğim konsantrasyon ve sanat, sizlerin de bildiği üzere, konsantrasyon ister.

Diğer onur konukları ustalıkla sıyrılarak teker teker sahneden inmişti. Bay Fuchier kumanda masasına giderek filme başlamalarını emretti. Böylece hareketli ve müzikli bir fonda sunucuyla Bayan Fuchier'in gölgeleri göründü, her biri kendi köşesinde, koşuşturarak ve ellerini kollarını oynatarak son açıklamalarını yaparken.

İNEK

Geçen gün trende giderken birden mutlulukla iki ayağımın üzerine dikildim ve neşe içinde el hareketleri yaparak herkesi manzaraya bakmaya ve güzeller güzeli alacakaranlığı izlemeye davet ettim. Konuşmalarına ara veren kadınlarla çocuklar ve birkaç beyefendi bana hayretle baktı, benimle alay etti, fakat tekrar sessizce yerime oturduğumda, patikanın kıyısında neyin yavaşça uzaklaştığını gördüğümü tahmin bile edemezlerdi; kendisini gömecek ya da toplu eserlerini elden geçirecek, ne kadar iyi biri olduğuna ve buharı üstünde süt damlalarıyla genelde dünyanın, özelde trenin yoluna devam etmesine sağladığı katkıya dair hisli ve içli bir konuşma yapacak kimsesi olmayan merhum, merhumcuk bir inek.

TOPLU ESERLER

Elli beş yaşına girdiğinde Profesör Fombona farklı edebi dallarda kırkıncı yılını kutlamıştı, en itibarlı entelektüel çevreler pek çok yazar içinde onu, en başta gelen meslek erbabından biri sayıyordu. Çevirileri, monografileri, önsözleri ve verdiği konferanslar dâhiyane bulunmasa da (en azından düşmanları böyle olduğunu düşünüyor) belli durumlarda, dünyada yazılmış değerli her şeyin müthiş bir dökümü sayılabilirdi, hele ki bu durum var olan bütün kütüphanelerin yıkılması olursa.

Gençlerin hocası namıyla sahip olduğu görkemin de bundan aşağı kalır yanı yoktu. Başında bulunduğu gayretli müritlerden müteşekkil ve akşamüstleri bir iki saatini birlikte geçirdiği seçkin grup, onda tükenmez bilgeliğe sahip bir hümanist görüyordu ve herkesten önce bizzat Fombona'nın kendisini ürküten koşulsuz bir fanatizmle dediklerini yapıyorlardı: birkaç kez bu gençlerin kader yükünün kendi vicdanı üzerine çöktüğünü hissetmişti.

Sonuncu mürit Feijoo çekingence beliriverMişti. Bir gün sıradan bir bahaneyle kafede aralarına katılmıştı. Başta Fombona tarafından kabul edilmiş, sonra da iyi bir acemi öğrenci olarak gruba katılmıştı: saklanması zor belli bir tedirginlik içindeydi ve tartışmalara pek katılmıyordu. Yine de birkaç gün geçtikten ve tedirginliğini biraz olsun attıktan sonra, yazdığı bazı dizeleri nihayet onlara göstermeye karar verdi. Bu şiirleri, en etkileyici bulduğu bölümlerde sesini okul çocuklarına özgü bir tarzda yükseltip alçaltarak kendisi okumayı severdi. Kâğıtlarını endişe veren bir huzurla katladıktan sonra dosyasına koyar ve bir daha asla onlardan bahis açmazdı. İster olumlu, ister olumsuz; herhangi bir fikir karşısında ezik ve rahatsız edici bir sessizliğe bürünürdü. Fombona'nın bu çalışmaları iyi bulmadığını vurgulamaya gerek yok, fakat bu dizelerin yazarında açığa çıkmak için mücadele eden gizil bir şiirsel güç sezinliyordu.

Feijoo'nun kendine güvensizliği Fombona'nın kedilere has algısından kaçacak değildi. Bunu pek çok kez ölçüp biçerek düşünmüş, ona övgü dolu sözler söylemesine ramak kalmıştı (Feijoo'nun buna ne kadar ihtiyaç duyduğu ayan beyan ortadaydı); fakat sebebini bir türlü anlayamadığı ya da kendini her koşulda gizlemeye çalışan tuhaf bir direnç bu sözleri söylemekten onu alıkoyuyordu. Tam tersine aklına gelen şey genellikle bir espri olurdu, dizelere dair, herkesi kahkahaya boğan herhangi bir keskin gözlem. Bunun "havayı yumuşattığını" söylerdi, böylece hoca olarak varlığı hafiflerdi; fakat bu çıkışların hemen ardından içine bir pişmanlık bulutu çöküverirdi. Övgüde ketumluk itinayla yeşerttiği bir erdemdi. Bunda hiç kuşkusuz Feijoo'nun yaşındayken şiir yazmaktan utanmasının ve eğer birisi bu mütereddit kompozisyonları övecek olursa üstesinden gelinmesi imkânsız bir mahcubiyetin –insan buna karşı ne kadar mücadele etse o kadar yenik düşer– yüzüne yayılmasının payı vardı. Kırk yıllık edebi uğraş –çeviriler, monografiler, önsözler ve konferanslar– kendisine ilk başlarda hiç tanımadığı bir güven duygusu aşılasa da, şimdi bile her türlü methiyeden kaçınır, hayranlarının övgüleri onun için her şeyden çok daimi bir tehdit, gizliden gizliye bir yakarış gibidir, fakat o bunları utangaç ya da kibirli bir jestle reddeder.

Zamanla Feijoo'nun şiirleri fark edilir şekilde iyiye gitti. Elbette ne Fombona ne de grup bunun hakkında bir şey söylüyordu, ama Feijoo'nun yokluğunda belki de ileride büyük bir şaire dönüşeceği konuşuluyordu. Kaydettiği ilerleme sonunda öyle gözle görülür bir hal aldı ki bir akşam bizzat Fombona'nın kendisi coşkuya kapılıp ona, öylesine, *her şeye rağmen* dizelerinin güzelliğinin azımsanacak gibi olmadığını söyleyiverdi. Feijoo'nun bu beklenmedik iltifatın inanılmazlığı karşısında suratının kıpkırmızı kesilmesi ve yaşadığı dehşet çıplak gözle görülüyordu. Bu sözlerin açığa çıkardığı gelecek beklentisi haliyle ona acı vermişti: Fombona sessizliğini koruduğu sürece kaybedecek bir şeyi yoktu; artık görevi her fırsatta kendini aşarak bu cesaretlendirici, cömert sözleri hak etmeyi sürdürmekti.

Bu olay üzerine çalışmalarını göstermek onun için gittikçe daha da zorlaşmıştı. Öte yandan o andan sonra Fombona'nın heyecanı, Feijoo'nun anlamakta güçlük çektiği ihtiyatlı bir umursamazlığa dönüşmüştü. Bir acizlik hissi onu sadece diğerlerinin karşısında değil, kendi kendine kaldığında bile ele geçiriyordu. Fombona'nın bu iltifatı bir tür zafere eşdeğerdi, fakat Feijoo gelecek herhangi bir eleştiriyi göğüslemeye gücü olmadığını hissediyordu. O, övgülerin zarar verdiği insan sınıfına dahildi.

Daysie's'te kahve o kadar da iyi değildir, son olarak da televizyon belası çıktı. Bu banal ortamın nahoş tasvirini geçelim ki buna takılıp kalmayalım, çünkü konuyla pek alakası yok, masaları dolduran ergenlerin hayat dolu yüzlerini görmenin, ciddi bankacıların mesleklerine has hafif bir melankoliyle akşamları alacakaranlıkta rakamlar ve hayalini kurdukları zarif parfümler sürünmüş kadınlar hakkındaki konuşmalarını duymanın da konuyla alakası yok.

Iturbe, Ríos ve Montúfar uzmanlık alanları üzerine konuşuyordu: Montúfar'ınki Quintilianus; Ríos'unki Lope de Vega; Iturbe'ninki Rodó'ydu. Sohbetin soğuttuğu kahvenin sıcağında, Fombona, tıpkı bir orkestra şefi gibi, her birine uygun notayı işaret ediyor ve dipsiz gri çantasından (çanta çıkması imkânsız malum lekeler tarafından acımasızca bozguna uğratılmıştı) üzerinde yeni bilgilerin bulunduğu kartlar çıkarıp duruyordu, gelecek kuşaklar bu kartlar sayesinde Rodó'nun koymadığı bir virgülü, Lope'nin aslında sokakta rastladığı bir sözü, Quintilianus'u rezil edecek bir ifade bozukluğunu bilebilecekti. Herkesin gözleri, bu bilimsel katkıların hassas ruhlu insanlarda uyandırdığı neşeyle ışıldıyordu. Başlıca uzmanların mektupları, uzak arkadaşlardan yaptığı atıflar, hatta kaynağı belirsiz katkılar bu hem zamanda hem de mekânda uzak büyük adamlara dair derinlemesine bilgiyi hafta hafta katlayacaktı. Bu sapma, metinlerde keşfedilen bu basit dizgi hataları, grubun içinde, yaptıkları bu çalışmanın önemine, kültüre ve insanlığın kaderine dair inançlarını pekiştiriyordu.

Feijoo, alışkanlığı olduğu üzere, sessizce gelerek hemencecik sohbetin kenarına ilişti. Lope de Vega'yı iyi bilse de (her ne kadar Fombona Lope de Vega'yı "iyi" bilmenin mümkün olduğuna inanmasa da), Quintilianus ve Rodó arasındaki farklı ayırt etmeyi bilmesi imkânsızdı. Ne kadar rahatsız olduğunu ve kendini yetersiz hissettiğini görmek işten değildi.

Fombona zamanın uygun olduğunu düşündü. Böylesi zamanlarda hep olduğu üzere birkaç dakika süren derin bir sessizliğe gömüldü. Sonra hafifçe gülümseyerek şöyle dedi:

–Söyleyin Feijoo, Unamuno'nun *Hayatın Trajik Duygusu*'nun üçüncü bölümündeki Shakespeare alıntısını hatırlıyor musunuz?

Hayır; Feijoo alıntıyı hatırlamıyordu.

–Arayıp bulun; ilginç bir alıntıdır, işinize yarayabilir.

Beklendiği üzere ertesi gün Feijoo bu alıntıdan ve güdük hafızasından söz açtı.

Birkaç gün Unamuno sohbet konusu olarak gözden düştü. Fakat Quintilianus, Lope ve Rodó meselesi gözle görülür şekilde serpilecek zaman buldu.

Unamuno artık tamamen unutulduğunda:

–Feijoo –dedi bir kez daha gülümseyerek Fombona– madem Unamuno'yu bu kadar iyi biliyorsunuz, Fransızcaya çevrilen ilk kitabı hangisiydi, hatırlıyor musunuz?

Feijoo pek hatırlamıyordu.

Bir sonraki Cumartesi ve Pazar Feijoo ortalıkta görünmedi. Fakat Pazartesi bu bilgiyi, tarihi ve kitabın künyesini bulmuştu.

Bu unutulmaz günün akabinde sohbetler yeni bir cevval konuk kazanmıştı: Feijoo. Artık çok daha iyi sohbet ediyorlardı, yağmurun hepsinin yüzüne belli belirsiz bir hüzün ifadesi nakşettiği fırtınalı bir günbatımında, Feijoo ilk defa net ve açık bir şekilde Quintilianus'nun kutsal adını zikretti. Feijoo, bu uyumlu sistemin eski salpa parçası, nihayet bu yapı içindeki tam yerini bulmuş oldu. O andan sonra daha önce paylaşmadıkları bir şey onları birbirine bağladı: bilme, ayrıntılarla öğrenme tutkusu.

Fombona yeniden hoca olma zevkini hissetmeye başladı ve bu uysal cevheri günden güne işledi. Feijoo'nun tereddütleri şıp diye Unamuno'nun tereddütlerine oturmuştu! Konu rasgele seçilmiş değildi. Alan sonsuzdu. Filozof Unamuno, yazar Unamuno, şair Unamuno, Kierkegaard ve Unamuno, Unamuno ve Heidegger ve Sartre. Birinin kendisine hayatının bütünü adayacağı kıymetli bir yazar ve onu kendi hayatının bir uzantısı yaparak o hayata rehberlik edecek kişi, Fombona. Feijoo'yu, korkularından arınmış, yaratma dehşetinden uzakta bir kâğıt, not ve ozalit baskı denizinde hayal ediyordu. Kim bilir nasıl da kendine güven kazanacaktı! Gelecekte bu sevgili korkak çocuk her şeyi Unamuno üzerinden konuşarak karşısına kim çıkarsa çıksın göğüsleyebilecekti. Ve kırk yıl önceki kendisini, sırf çıkmaya direnen ve çıksa da ancak asla sebebini açıklayamadığı şekilde yüzünü ateş gibi saran kırmızılığa neden olan dizelerden ötürü mahcubiyet içinde kıvranan kendisini gördü. Fakat o eski kuşku yeniden belirip onu altüst etti. Çevirilerinin, monografilerinin, yazdığı önsözlerin, verdiği konferansların – belli durumlarda, dünyada yazılmış değerli her şeyin müthiş bir dökümü sayılabilecek– ancak başkalarının gözünden gördüğü baharı ve söylemeye asla cesaret edemeyeceği sözleri telafi etmeye yetip yetmeyeceğini sordu kendi kendine. Yeni bir kaderin sorumluluğu omuzlarını çökertiyordu. Pişmanlık bulutu gibi bir şey, her zamanki beylik pişmanlık bulutu gecelerini karartmak üzere geldi çöktü: Feijoo, Feijoo, sevgili çocuk, kaç, kaç benden, Unamuno'dan kaç; kaçmana yardım etmek istiyorum.

Marcel Bataillon bizi birkaç ay önce ziyaret ettiğinde, Fombona onu onurlandırmak ve kitaplarını konuşmak için gece düzenlemeyi önerdi.

Bu küçük eğlencede Bataillon canlı bir şekilde yeni şairlerle, edebi araştırmayla, resimle, her şeyle ilgilendi. Saat on buçuk sularında Fombona, Feijoo'yu kolundan tuttu (hafif bir dirençle karşılaştığını hissetti, bu direnci güç kullanmasından ziyade gülümseyen bakışındaki gücün alt ettiğini düşündü), seçkin konuğa yaklaşıp usulca, sakin sakin şöyle dedi:

–Üstat, size Feijoo'yu takdim etmek isterim. Unamuno uzmanıdır, *Toplu Eserleri* üzerine eleştirel bir basım hazırlıyor.

Feijoo ona elini uzattı ve güçlükle duyulan iki üç söz söyledi, bu sözlerden anlaşılan evet, çok memnun olmuştu, öte yanda Fombona uzaktaki birisine selam veriyor ya da hasbihal edecek birini arıyordu ya da öyle bir şey.

vb.